검신급 공무원의 회귀

DECA MEDIA

검신급 공무원의 회귀 6

초판 1쇄 2026년 1월 23일

지은이 자리 · **발행인** 김정수 · **고문** 이종주
발행처 데카미디어 · **출판등록** 2025년 4월 17일
주소 서울시 영등포구 당산로 214 · **E-mail** tradejjang0@gmail.com
유통 · 판매 관리 (주)행운사 · **Tel** (031)901-1137 · **FAX** (031)901-4140
E-mail luckybogo222@naver.com · luckybogo222@daum.net

ISBN 979-11-7513-120-0 (6권)
ISBN 979-11-7513-027-2 04810 (세트)

겁신급 공무원의 회귀
자리 퓨전 판타지 장편소설
6

차 례

Chapter 1

수호는 정철민을 따라 빈 회의실로 들어왔다.

정철민이 회의실 불을 켜며 말했다.

“여기서 이야기하자.”

“일부러 피해서 오신 거죠?”

“그치, 뭐. 저기 있으면 팀장님이 계속 말 거시거든. 커피 마실래?”

“제가 타겠습니다.”

“어디에 뭐가 있는지도 모르면서 어떻게 타게?”

“아까 오면서 봐뒀습니다. 잠시만요.”

수호는 익숙하게 탕비실로 가서 금방 커피 두 잔을 타 왔다.

따뜻한 아메리카노.

정철민이 커피 한 입을 마시며 웃는다.

"잘 타네? 어떻게 커피 타는 것도 잘해?"

"하하, 그거 뭐 어려운 거라고요. 근데 이따 제 자리는 소개해 주실 거죠?"

"뭐? 하핫, 당연히 알려줘야지. 설마 자리부터 안 알려 줬다고 삐진 거야?"

"에이 설마 그럴 리가 있겠습니까. 그보다 전 어떤 업무부터 하면 될까요?"

수호의 물음에 정철민이 웃는다.

"의욕이 넘치네?"

"정식 임용 후 첫 출근인데 당연히 의욕이 넘쳐야죠."

"좋은 자세야. 근데 저번에 말했던 그거, 진심이야?"

저번에 말한 것.

특수관리팀에서 손도 못 대고 있는 업무들에 대한 이야기였다.

예컨대 봉인 게이트 공략 같은 것들 말이다.

수호가 고개를 끄덕였다.

"전 빈말 안 합니다."

"그건 아는데…… 그래, 사실 그렇게 말할 줄 알았다. 그리고 너 같은 고급 인력을 보통 게이트 처리하는데 쓰는 것도 좀 웃기고. 하지만 알지? 네가 고급 인력은 맞는데 너무 고급 인력이라서 함부로 막 다뤘다간 오히려 눈치가 보여."

"누구한테요?"

"누구겠냐?"

장경환과 피성열이지.

그럴 수밖에.

안 그래도 특수부로 데려가려 했던 인력인데 여론 눈치 때문에 게이트부로 왔으니 말이다.

그런데 그런 고급 인력을 무리한 업무에 투입시켰다가 크게 다치거나 죽기라도 하면?

'철민이 형만 엄청 털리겠지.'

아마 찍혀도 제대로 찍힐 것이다.

그러니 보통의 직장인이라면 수호의 부탁은 쉽사리 들어주기가 힘든 것.

하지만 다른 사람도 아니고 정철민이었다.

보통의 직장인이었다면 내 한 몸 사리는데 급급하겠지만 정철민은 수호를 처음 봤을 때부터 떡잎을 알아봤다.

그리고 함께 일하는 상상까지 했었다. 특수팀은 절대로 하지 못할 업무들을 슬기롭게 해치워 나가는 그런 미래를.

게다가 수호는 정철민이 보아온 대로 자신의 능력까지 기대 이상으로 제대로 입증해 주었다.

수호가 웃으며 물었다.

"그래서, 저 안 써주실 거예요?"

"그럴 리가. 부하 직원을 역경과 고난 속으로 밀어넣어야 된다는 사실이 참 가슴 아프긴 하지만 우린 각성자잖아? 게다가 공무원 헌터이니만큼 직업적 소명을 다해야지. 다른 사람도 아니고 검신 안수호인데. 그런 의미에서 말이야."

정철민이 잠시 자기 자리로 가 무엇인가를 가지고 왔다.

그것은 정철민이 따로 정리해 놓은 게이트 자료들이었는데 정철민이 그것들을 보여주며 말했다.

"네가 말한 업무들, 정상적인 방법으로는 허가받기 힘들다는 거 알지?"

"예, 아마 과장님한테 결재 올리자마자 컷 당할 것 같네요."

"그래서 말인데, 네가 진짜 이 업무들을 하길 바란다면 네 방식대로 가자."

"제 방식대로요?"

"선조치 후보고 하자는 거야. 그리고 언론 플레이도 약간 이용하고."

"네가 게이트부 소속으로 봉인 게이트를 당당하게 공략하고 그걸 기사화시켜서 인기를 끌면 여론 무지하게 신경 쓰시는 협회장님도 널 팍팍 밀어주실걸?"

정철민의 말에 수호는 하마터면 웃음을 터뜨릴 뻔했다.

자신이 원하는 그림과 너무 똑같았기 때문이다.

'이래서 내가 철민이 형을 좋아할 수밖에 없지.'

사실 진작에 이렇게 일처리를 하고 싶었다.

그러나 엄연히 직속상사가 존재하는데 내 멋대로 그렇게 처리해 버리면 정철민을 무시하는 행위가 되니 될 수 있는 한 정식으로 허가받고 진행을 하고 싶었을 뿐.

수호가 웃으며 물었다.

"정말 그렇게 생각하세요?"

"아니야?"

"사실 저도 그렇게 생각하고 있었습니다. 하지만 제 맘대로 해선 안 되기에 참았을뿐이죠."

"이 자식이…… 좋아, 그럼 바로 진행해 버리자. 그런 의미에서 내가 비교적 안전한 놈들로 후보를 좀 추려 왔어. 물론 봉인 게이트가 안전하다는 것 자체가 어불성설이긴 한데 그냥 그러려니 하고 들어줘라."

"넵! 알겠습니다!"

이어서 정철민이 추려 온 게이트에 대한 설명이 시작됐고 수호가 조용히 경청하며 생각했다.

'괜찮게 짜오셨네.'

사실 봉인 게이트 중에 거를 것은 잘 없다.

봉인 게이트는 난이도가 난이도인 만큼 보상이 제법 괜찮은 녀석들밖에 없었으니까.

어차피 협회 소유 게이트는 자신이 모두 공략해 버릴 심산이었으므로 수호는 일단 정철민이 추천해 준 것들 중 하나를 공략하기로 했다.

"혹시 저한테 선택권이 있나요?"

"네가 들어가는 거니 선택권을 주고 싶긴 한데 그래도 혹시 모를 상황을 대비해 나름의 근거가 있는 곳을 고르는 게 좋지 않겠냐?"

"그것도 그렇네요."

수호가 게이트 목록을 둘러 보더니 하나를 가리키며 말했다.

"그럼 여기로 하겠습니다."

"이유는?"

"이곳 게이트의 특성이 저한테는 안 통해서요."

"안 통한다니? 왜?"

정철민의 물음에 수호가 정철민에게 스킬 하나를 보여주며 설명을 시작했다.

그러더니 정철민의 눈이 휘둥그레 커졌다.

"그럼 여태 쓰던 게 모두……?"

"예, 그래서 전 상관없습니다."

"그렇네…… 이거라면 확실히 너한테 많이 유리하겠다. 근데 레벨은 돼?"

"예, 충분합니다."

정철민을 한 번에 납득시키는데 성공하자 수호가 스킬을 집어넣으며 피식 웃었다.

사실 그럴듯한 이유를 대라고 해서 댄 것뿐이지 수호가

여길 고른 이유는 따로 있다.

'협회에서 제일 가까우니까.'

근데 그렇게 말하면 미친놈 취급하겠지.

그래서 적당하고 현실적인 이유를 댔다.

수호가 물었다.

"언제 출발하면 될까요?"

"내가 여기 소장님한테 전화해둘 테니 가고 싶을 때 가."

"그럼 지금 바로 가겠습니다."

"지금?"

"예, 업무시간이잖아요."

"참 나…… 그래, 알겠다. 필요한 서류는 내가 만들어 놓을 테니 걱정하지 말고."

"앗, 아뇨. 괜찮습니다. 그래도 첫 보고서인데 제가 쓰고 싶습니다."

"서류 쓸 줄 알아?"

"껌이죠."

"됐어, 내가 하는 게 맘 편해. 애초에 현장도 네가 뛰고 서류도 네가 꾸리면 팀장이 돼서 내가 하는 게 뭐냐?"

"얼른 승진하셔야죠. 그리고 저 좀 끌어주세요."

"부하직원 팔아 올라간 놈이 퍽이나 잘 끌어주겠다."

"하하."

수호가 자리에서 일어나 다 먹은 컵 두 개를 들었다.

"이건 제가 가면서 버릴게요. 그럼 이따 뵙겠습니다."

"뭘 이따가 봐? 넌 봉인 게이트를 무슨 요앞에 마실 나가듯이 이야기한다?"

"뭐, 그건 두고 봐야 알 일 아니겠습니까."

먼저 나서는 수호.

그런 수호를 보며 정철민은 어이가 없다는 듯 고개를 젓는다.

수호는 회의실에서 나오자마자 바로 조진휘에게 전화를 걸었다.

- 예, 안 프로님.

"저 지금 봉인 게이트 공략하러 갈 건데 같이 가서 취재 좀 하시는 게 어떠세요?"

- 오! 듣던 중 반가운 말씀입니다! 바로 출발하겠습니다.

"예, 그럼 문자로 위치 쏴드리겠습니다. 입구에서 기다리고 있을게요."

조진휘 소환으로 나머지 준비까지 완료.

수호는 차를 타고 바로 이동했다.

게이트는 그리 멀지 않았다.

그도 그럴 게 이번 게이트는 서울에 있었으니까.

서울 끝자락 개화역에 도착한 수호는 조진휘와 만나 같은 차로 이동했다.

차는 당연히 수호의 것을 탔다.

조진휘의 차로 이동하기엔 너무 튀었으므로.

조진휘가 조수석에 타며 말했다.

"제가 운전해도 되는데."

"봉인 구역 들어가는데 관계자인 제가 운전하는 게 그림이 맞죠."

"하긴 그것도 그렇네요. 그나저나 이번 게이트는 얼마나 걸릴 것 같으세요?"

"별로 안 걸릴 겁니다. 제 기준에선 난이도도 그리 안 어려워서요."

"세상에 봉인 게이트를 그렇게 말하는 사람은 안 프로님뿐일 겁니다."

"하하, 그럴 수도 있겠네요."

이윽고 봉인 구역에 입장하자 군인들이 수호의 차량을 통제한다.

그러나 이내 수호의 공무원증을 보고는 바로 입장을 허가해주었다.

그 모습을 본 조진휘가 미간을 찡그리며 감탄했다.

"크…… 공무원 나리, 이게 바로 권.력.이란 것입니까?"

"하하, 권력은 무슨, 일입니다. 일."

"쉰네, 나리의 공권력 파워에 정신을 못 차리겠습니다."

이후 얼마간의 호들갑을 즐기던 끝에 마침내 스퀘어 앞에 도착할 수 있었다.

수호의 차가 나타나자 지휘소 소장이 나와 수호를 맞이했다.

"대헌협에서 나오셨죠? 연락받았습니다. 여기 관리소장 임연현이라고 합니다."

"안수호라고 합니다. 기자분도 같이 왔습니다."

"기자분도요?"

기자라는 말에 관리소장 임연현의 눈이 초롱초롱해졌다.

그도 그럴 게 봉인 게이트를 공략하러 왔는데 기자까지 데리고 왔다는 건 그만큼 공략에 자신 있다는 뜻일 테니까.

게다가 다른 사람도 아니고 그 유명한 검신 안수호이지 않은가.

임연현이 은근한 어조로 물었다.

"흠흠, 당연히 아시겠지만 여기가 어떤 게이트인지는 아시죠?"

"예, 잘 알고 있습니다. 그래서 온 겁니다."

"혹시 공략 타임은 얼마나 생각하고 계시는지요?"

"글쎄요. 해봐야 알겠지만 제가 계산한 대로라면 그렇게 오래는 안 걸릴 것 같습니다."

"알겠습니다."

오래 안 걸릴 것 같다는 말에 임연현의 입꼬리가 더더욱 올라간다.

어쩌면 드디어 이곳을 탈출할 수도 있다는 생각에.

그 표정을 본 조진휘가 자리를 옮길 때 수호에게 조용히 말했다.

"이상한 사람이네요. 스퀘어 관리소장직이면 꿀보직 중에 꿀보직일 텐데 왜 저렇게 좋아하는 걸까요?"

"글쎄요. 스퀘어 관리소장이 꿀자리인 건 맞지만 대신 진급에는 별로 도움이 안 되서 그러는 게 아닐까요?"

"아? 여기가 진급에는 별로 도움이 안 되나요?"

"일이 험해야 고과에 도움이 돼죠. 그런 의미에서 스퀘어는 어느 정도 안전이 보장된 곳이라 아주 특수한 경우를 제외하면 진급에는 그닥 도움이 안 되는 것으로 알고 있습니다."

"으흠."

"그럼 다녀오겠습니다."

수호는 가볍게 목례한 후 스퀘어 속으로 들어갔다.

그리고 개방된 길을 따라 들어가자 오래된 포탈 하나가 보였다.

[게이트에 입장합니다.]

[게이트 정보를 불러옵니다.]

[산의 늪]

– 입장 조건 : 없음.

– 최대 입장 인원 : 2명 이하.

산의 늪.

그것이 이번에 수호가 공략해야 될 봉인 게이트의 이름이었다.

산의 늪은 입장 조건이 따로 없지만 입장 원이 최대 2명이었다.

'그래서 까다로운 거지.'

게이트에 입장하자 시야가 변하기 시작한다.

게이트에 입장한 직후였다.

컴컴한 어둠 속.

주변이 어둡다.

하지만 수호는 금방 적응할 수 있었다.

[오리지널 뱀피르 효과에 의해 어둠의 제한 효과를 받지 않습니다.]

뱀피르 효과 덕분이었다.

수호는 뱀피르 효과에 의해 시야가 어둠에 적응되자 동굴처럼 아치형으로 된 천장을 볼 수 있었다.

그러나 여긴 평범한 동굴 따위가 아니었다.

“소문 한번 확인해 볼까?”

주변을 둘러보던 수호가 혈검을 소환해 게이트 내부 벽면을 찔렀다.

그때였다.

- 쿠오오오오오!!

동굴 전체가 울리기 시작했다.

찢어질 듯한 비명과 함께.

그뿐만이 아니었다.

쿠구구구구!!

떨리는 지축과 동시에 저 멀리서 파도 소리가 들려오기 시작했다.

파도 소리.

그건 바닷가에 부서지는 파도 같은 게 아니었다.

저것은 ‘산(酸)’이었다.

염산할 때 그 산(酸).

그래서 이곳의 이름이 산의 늪인 것이다.

수호는 주변을 둘러보았다.

도망칠 곳은 없다.

몸을 숨길 만한 곳도 보이지 않는다.

사람이 아무리 빨라도 쏟아지는 물보다 빠를 순 없다.

그렇게 산의 파도가 수호를 덮쳤다.

콰과과과과과과!!

굴을 꽉 채운 파도.

어디에도 피할 곳은 보이지 않았다.

그렇게 쏟아진 파도는 몇 초간 이어지더니 이내 수심이 얕아지며 마침내 바닥까지 다시 내려앉았다.

주변은 고요했다.

그리고 산의 파도가 지나간 자리에는 아까까지만 해도 못 보던 것이 하나 있었다.

그것은 붉은 망부석이었다.

사람 키만한 높이에 바위처럼 우뚝 솟은 그것은 분명 조금 전까지만 해도 전혀 보이지 않던 것이었다.

그때, 붉은 망부석이 꿈틀이기 시작했다.

김건의 슈트볼처럼 꾸물럭거리던 그것은 이내 망부석에서 점점 사람의 형태를 잡아갔는데 군인들이 입는 컴뱃 슈트처럼 변모했고 발끝에서부터 시작된 변화는 다리를 거쳐 복부, 그리고 상체를 지나쳐 목 위에까지 변화를 진행시켰다.

그런데 분명 헬맷이라도 될 줄 알았던 망부석은 이내 사람 얼굴 하나를 토해냈다.

수호였다.

붉은 슈트로 온몸을 감싼 수호가 얼굴만 드러낸 채 말했다.

"어휴, 냄새야."

말 그대로였다.

수호가 미간을 찌푸린 건 엄청난 양의 산의 파도 때문이 아니었다.

바로 산 특유의 냄새 때문이었다.

그럴 수밖에.

산의 늪을 돌아다니는 산의 파도는 염산이 아닌 위장에 분비되는 위액...... 즉 '위산(胃酸)'이었으니까.

수호는 뒤이어 좀 전에 혈검으로 찔렀던 찔렀던 벽면을 살폈다.

그곳에는 동굴 특유의 갈라진 석벽이 아닌 마치 생물체처럼 근육이 갈라져 피가 흐르고 있었는데 그걸 본 수호가 고개를 끄덕이며 말했다.

"오랜만에 보네 내장 테마는."

내장 테마.

말 그대로였다.

이곳 '산의 늪'은 평범한 동굴 따위가 아닌 어느 거대한 생명체의 몸속 내부였다.

그렇기에 위산의 파도가 덮쳐 온 것이고 벽면을 찔렀을 때 고통에 찬 비명이 울려 퍼진 것이다.

생명체라면 그 누구라도 내장의 고통은 참기 힘든 것이니까.

수호가 다시금 천장을 둘러보며 생각했다.

'여기가 메가 웜의 뱃속이었었지, 아마?'

메가 웜은 웜류 몬스터 중에 하나로, 대표적인 특징으로는 먹이 피딩을 통해 덩치가 끝도 없이 성장한다는 것.

그래서 이런 테마의 게이트가 생긴 것이다.

생명체의 덩치가 너무 크면 그것은 누군가의 관점에선 전장처럼 활용해도 된다고 판단되어지니까.

그런 의미에서 수호가 정철민에게 근거로 보여준 스킬은 블러드 웨폰이었다.

메가 웜의 위산은 그 어떤 장비라 할지라도 모조리 녹여버릴 만큼 엄청난 산도를 가지고 있다.

그래서 꽤 많은 플레이어들이 장비뿐만이 아니라 몸통째로 녹아 죽는 경우가 허다했다.

하지만 수호의 블러드 웨폰은 평범한 금속이 아닌 수호의 마력에 영향을 받는 혈액 그 자체.

그러니 한낱 지렁이 같은 메가 웜의 위산 따위가 통할 수가 없는 것.

'뭐, 스탯 차이가 엄청나면 나도 통째로 녹아 없어지겠지만.'

하지만 적어도 레드 등급의 마력이라면 안전했다.

수호가 아는 메가 웜의 레벨은 고작해야 1성급 언저리였으니까.

탐색을 마친 수호는 다시 블러드 웨폰을 조작해 이번엔 얼굴 전체를 감쌌다.

투구 착용에 취미가 있어서는 아니었다.

그저 냄새 나는 위산을 직접 맞고 싶지 않아서일 뿐.

'그럼 슬슬 앞으로 나아가 볼까?'

무장을 마친 수호가 앞으로 걸어나간다.

*

- 쿠오오오오오!!

콰과과과과과과!!

위산의 파도가 덮쳐 온다.

그러나 수호는 피하지 않았다.

오히려 무소의 뿔처럼 천천히 앞으로 걸어나갔다.

- 쿠오오오오오!!

콰과과과과과과!!

메가 웜의 비명이 잦다.

그만큼 위산도 쉴새없이 쏟아져 나온다.

그럴 수밖에.

수호가 일부러 신발 바닥을 날카롭게 변형시켜 걸어가

고 있었으니까.

"아, 그놈 엄살 한번 징하네."

수호가 이러는 이유?

일부러 그러는 것이다.

수호가 아는 산의 늪은 최소 수십 번의 위산의 파도를 불러 일으켜야 비로소 '두 번째 페이즈'가 시작되기에.

'산의 늪이 공략이 힘든 이유 중 그 첫 번째는 쉴새없이 쏟아지는 위산의 파도 때문이다.'

하물며 입장 인원은 둘.

그래서 여지껏 수많은 사람들이 어떻게든 이곳을 공략해 보기에 꽤 많은 조합들을 시도해 보았다.

탱커와 치유사.

탱커와 탱커.

탱커와 마법사.

마법사와 치유사.

마법사와 마법사.

하다못해 치유사와 치유사까지.

하지만 거의 대부분이 포기하고 나가떨어질 수밖에 없었다.

웬만한 장비는 다 녹여 없애는 위산의 파도를 견뎌내려면 꽤나 고레벨의 마법 방어가 바탕이 되어야 하는데 수십 회에 치닫는 위산의 파도를 끝까지 견딜 수 있는 마법사와 치유사는 그리 많지 않았으니까.

그때였다.

- 키기기기기!

- 키르르르르!

어디선가 울리는 울음소리.

몬스터 하울링이었다.

그 소리를 들은 수호는 그제서야 미소지었다.

'드디어 왔구나.'

몇십 회인지도 모를 위산의 파도가 지나간 직후였다.

대체 얼마나 긴 내장 속 통로를 걸은 건진 모르겠지만 드디어 산의 늪을 지키는 파수꾼들이자 두 번째 페이즈가 나타났다.

- 패러사이트 Lv.107

- 패러사이트 Lv.103

- 패러사이트 Lv.105

……

늪을 지키는 파수꾼.

놀랍게도 그 정체는 다름 아닌 패러사이트, '기생충'들이었다.

패러사이트들을 본 수호는 생각했다.

'산의 늪이 공략이 힘든 이유 둘, 그건 위산의 웨이브를 견뎌내고 나면 쉴틈없이 쏟아지는 패러사이트들 때문이

지.'

모습을 드러낸 녀석들은 얼핏 보면 수챗구멍에 낀 머리카락처럼 흐느적거리고 파닥거렸다.

하지만 자세히 보면 그런 말을 하지 못한다.

인생은 멀리서 보면 희극이고 가까이서 보면 비극이라고, 메가 웜의 덩치가 커다란 만큼 이곳의 기생충들 또한 그 크기가 아주 어마무시했기 때문.

예컨대 바다고래의 고래회충들처럼 말이다.

심지어 수도 많다.

녀석들은 어지간한 웜만큼 커다란 주제에 또 한 마리씩 다니진 않는다.

최소가 십여 마리.

맨손으로 전진하던 수호는 그제서야 오른손을 펼쳤다.

그러자 블러드 웨폰이 꾸물렁거리더니 수호의 손아귀에 커다란 혈검이 쥐여졌다.

혈검을 손에 쥔 수호는 혈검을 손에 쥐자마자 바로 벽면에 칼을 푹 찔러넣었다.

- 쿠오오오오오오!!

콰과과과과과과!!

비명을 지르는 메가 웜.

동시에 쏟아지는 위산의 파도.

그리고.

- 키아아아아!!

수호의 행동을 본 패러사이트들이 발광하듯 수호에게 달려들기 시작했다.

뒤에서 몰려오는 위산의 파도와 함께.

그 광경을 본 수호가 씩 웃으며 겨눔세를 취한다.

[레벨이 올랐습니다.]

[모든 스탯이 1 올랐습니다.]

[보너스 스탯을 1개 획득하셨습니다.]

시간이 얼마나 지났을까?

끝없이 메가 웜을 찌르며 패러사이트들을 상대하길 한참, 마침내 수호의 레벨이 하나 올랐다.

이로써 수호의 레벨은 99.

수호는 보너스 스탯을 체력에 투자한 뒤 다시 앞으로 전진했다.

'이제 100레벨까지 필요한 레벨은 단 하나.'

100레벨이 되면 플레이어는 또 한 번 격동의 시기를 맞이한다.

그도 그럴 게 레벨이 100이 되면 특성이 한 차례 진화하기 때문.

그것을 2차 특성이라 부르는데 수호는 자신의 특성인 뉴블러드가 어떠한 형태로 진화될지 무척이나 궁금했다.

뉴블러드는 그 수호조차도 한 번도 본 적이 없는 전혀 새로운 종류의 특성이었으니까.

'그나저나 생각보다 꽤 오래 버티네.'

산의 늪은 봉인 게이트지만 미공략 게이트는 아니었다.

입장 레벨제한이 없는 만큼 먼 훗날, 초고강도 장비를 두른 탱커 둘이 이곳을 공략하는데 성공했으니까.

그래서 수호도 산의 늪을 공략하는 방법 자체는 잘 알고 있었다.

'그건 바로 메가 웜이 도저히 못 견디고 강제로 날 밖으로 배출시켜 내는 거지.'

몸속에 내장을 찌르는 가시가 있는데 어떤 생명체가 그것을 달가워할까?

그렇기에 아이러니하게도 산의 늪을 공략하는 방법은 끊임없이 내장을 괴롭혀 메가 웜이 플레이어를 밖으로 배출시키게끔 하는 것이다.

그래서 신발을 날카롭게 하여 쉴새없이 찌르는 것.

그 옛날, 이곳을 공략했던 탱커들이 말하길 한 군데서 많이 찌르는 것보단 곳곳을 돌아다니는 편이 오히려 더 큰 자극이 된다고 했으니까.

그때, 또 한 번 메가 웜이 울었다.

- 쿠오오오오오!!

콰과과과과과과!!

쏟아지는 위산의 파도.

그것을 본 수호는 익숙하게 검을 역수로 쥔 뒤 칼날을 벽에 박아 단단히 고정시켰다.

그러자 또 한 번 위산의 파도가 수호를 덮쳤다.

그런데.

쾅!!

묵직한 타격음.

무엇인가 날아와 수호에게 부딪혔다.

보이진 않았다.

위산의 파도에 휩쓸리면 한 치 앞이 안 보이는데 위산은 맑은 물이 아니라 굉장히 뿌옇기 때문.

그래서 위산의 파도가 덮칠 때면 거의 눈을 감고 있다고 봐도 무방했다.

이건 오리지널 뱀피르 효과로도 어떻게 케어가 안 됐다.

오리지널 뱀피르는 어둠에 한해서만 제한 효과를 받지 않는 것이니까.

'뭐야 이거?'

패러사이트인가?

간혹 그런 경우가 있었다.

위산의 파도에 휩쓸려 떠내려와 수호에게 부딪히는 그

런 녀석들이.

크기도 엇비슷했다.

그래서 수호는 왼손으로 고정된 혈검을 잡고 오른손에 새로운 혈검을 소환해 쥐었다.

[강철 자르기가 발동됩니다.]

서걱!

칼날에 묵직한 감각이 돈다.

확실히 베었다.

그런데 무언가를 처치했다는 알림은 뜨지 않았다.

시스템 알림은 시야랑 상관없이 확인할 수 있는 것이니까.

이윽고 파도가 멎은 순간이었다.

"음?"

파도가 멎고 위산이 빠져나간 직후였다.

천장과 벽면에 위산이 뚝뚝 떨어지는 와중에 수호의 앞에 무엇인가가 덩그러니 놓여 있었다.

말라비틀어진 무언가.

그런데 크기가 크다.

그것은 수호에 의해 단면이 절반 잘려져 있었는데 나머지 절반은 위산의 파도에 떠내려간 것인지 확인이 되지 않았다.

'이게 뭐지?'

수호는 이동을 멈추고 그것을 자세히 살펴보기 시작했다.

평소라면 그냥 지나쳤을 것이다.

하지만 이곳을 꽤 오래 돌아다녔는데도 이런 건 처음 봤다.

그 순간, 수호의 눈이 휘둥그레 커졌다.

'이건!'

말라비틀어지고 딱딱해진, 거기에 절반 정도가 썰려 날아가 형체도 알아보기 힘든 그것.

하지만 수호는 이게 무엇인지 알았다.

이것은 다름 아닌 메가 웜의 몸통 속에 서식하는 '체충(體蟲)'이었다.

'체충(體蟲)? 여기에도 체충이 있다고? 아니 근데 체충 상태가 왜 이래?'

체충(體蟲)은 말 그대로 몸속에 사는 벌레로 체충은 해충이 아닌 익충이며, 더 세밀하게 따지면 메가 웜 같은 초대형 생명체와 공생 관계에 있는 녀석이었다.

마치 악어새와 악어 같은 관계랄까.

그렇기에 수호 역시 체충을 본 적이 있었다.

대격변 중후반에 가면 이런 식으로 초대한 몬스터의 내부가 테마인 존재들이 나타나는데 그 안을 지키는 건 보통 패러사이트 같은 기생충이 아니라 체충들이었으니까.

그래서일까?

수호는 말라비틀어진 체충과 숱한 패러사이트들을 보며

그제서야 이곳의 진짜 공략법을 깨달을 수 있었다.

'애초에 메인은 메가 웜이 아니었어.'

이곳의 진짜 메인이자 진정한 공략법.

그것은 다름 아닌 메가 웜의 신체 내부를 장악한 패러사이트들을 처치하는 것이었다.

수호가 웃으며 생각했다.

'여기가 히든 게이트였다니.'

히든 게이트는 일전에 서울혈액원에 숨겨져 있던 혈의 누처럼 꼭 숨겨져 있어야만 히든 게이트인 건 아니었다.

여러 개 공략법을 가지고 있는 게이트 역시 히든 게이트라 불렸다.

당연히 처음엔 이곳이 히든 게이트인 줄 몰랐다.

수호가 이곳을 선택한 건 단순히 대헌협에서 가까운 것과 더불어 전생에 이미 공략된 바가 있고 수호가 가진 힘으로 적당히 둘러대기 가장 좋아서였으니까.

그런데 그렇게 선정한 게이트가 사실은 히든 게이트였다니.

심지어 패러사이트를 보고도 전혀 유추하지 못했다.

보통 이런 내장 테마 게이트에 패러사이트는 생각보다 보기 쉬운 녀석들이었으니까.

그러나 좀 전에 발견된 체충의 시체 덕분에 모든 걸 알게 됐다.

수호가 파르르 떨리는 듯한 메가 웜의 내장 벽면을 손으로 어루만지며 말했다.

"미안하다야, 난 그런 줄도 모르고."

전생에 이곳을 공략했던 플레이어들은 위산의 파도와 패러사이트를 상대로 수십 시간을 버틴 끝에 대형 파도에 휩쓸려 항문으로 배출되었다고 들었다.

그렇기에 수호도 그럴 심산이었다.

그래서 걸어가고 있던 곳도 식도 쪽이 아닌 대장 쪽이었고.

대장 쪽이 아무리 더러워도 더럽다고 게이트 공략을 안 할 건 아니었으니까.

하지만 이런 공략법이 숨겨져 있었을 줄이야.

'그럼 이제부턴 태도를 달리해야겠군.'

수호는 아이젠처럼 뾰족하게 만든 신발 바닥을 다시 평평하게 바꾸었다.

사실 내장 벽면을 칼로 찌르는 것보다 신발 바닥을 날카롭게 만들어 자극하는 게 더 편했다.

그저 걷기만 해도 메가 웜을 괴롭힐 수 있었으니까.

하지만 이젠 그럴 필요가 없어졌다.

수호가 경험한 바가 맞다면 이런 류의 기생충 몬스터들은 자신들을 계속해서 공격하다 보면 결국 본체가 되는 보스 녀석이 나타나기 마련이니까.

물론 마음 같아선 계속 내장을 건드리고 싶었다.

그럼 메가 웜이 부르르 떨고 위산을 역류시키며 끊임없이 패러사이트들을 수호 앞으로 쏟아낼 테니까.

하지만 그렇게 되면 수호가 노리는 패러사이트 보스는 찾지 못하게 된다.

'그전에 항문으로 배출 당하고 말겠지.'

그건 사절이었다.

히든 보상이 눈앞에 있는데 굳이 더러운 대접을 받을 이유는 없었으니까.

그렇기에 수호는 오른손에 혈검을 쥐고 본격적으로 달리기 시작했다.

[마력감지가 발동됩니다.]

여태 그런 줄도 모르고 한가하게 내장이나 찌르고 다녔다니 시간이 참 아깝다.

수호는 본격적으로 기감을 펼쳐 메가 웜 내부 곳곳에 숨어 있는 패러사이트들을 학살하기 시작했다.

[패러사이트를 처치하셨습니다.]

[패러사이트를 처치하셨습니다.]

[패러사이트를 처치하셨습니다.]

[패러사이트를 처치하셨습니다.]

……

수호는 패러사이트가 보이는 족족 닥치는 대로 베었다.

상대하는 건 별로 어렵지 않다.

메가 웜 본체도 아니고 끽해야 미니 웜 수준의 기생충들.

살도 말랑말랑하니 베는 감촉이 쫀쫀했다.

게다가 무엇보다도 레벨도 100 초반이다 보니 아무리 뭉쳐 온다고 한들 수호의 적수가 되지 않았다.

그러다 문득 수호에게 좋은 생각이 났다.

'꼴을 보니 좀 장기전이 될 것 같은데…….'

생각을 마친 수호는 즉시 불가살이를 소환했다.

"불가살이."

"불불."

수호의 호출에 소환된 녀석.

녀석은 여전히 말티즈 정도의 크기를 가졌는데 수호가 녀석에게 명령했다.

"덩치 좀 키워 봐."

"불불."

수호의 명령에 덩치를 키우기 시작하는 녀석.

그러자 조랑말 정도의 크기가 되었고 수호가 녀석의 위에 올라타며 말했다.

"무거워?"

"불불."

고개를 젓는 녀석.

그래.

무거우면 어쩔 거냐.

그래도 실어 날라야지.

내가 널 왜 불렀는데.

수호가 말했다.

"달려."

"불불!"

수호는 불가살이를 타고 질주함과 동시에 무기의 형태를 바꿨다.

평소에 쓰던 롱소드의 형태가 아닌 칼날이 채찍처럼 말랑하고 긴 연검의 형태로.

그런 다음 자신들을 향해 덤벼드는 패러사이트들에게 도리깨 휘두르듯 칼질을 했다.

[패러사이트를 처치하셨습니다.]

[패러사이트를 처치하셨습니다.]

[패러사이트를 처치하셨습니다.]

[패러사이트를 처치하셨습니다.]

……

달리면서 휘둘러서 그런지 가속도가 붙어 더 날카롭게 썰린다.

연검은 이따금씩 기분 전환용으로 사용하는 검인데 이런 식으로 기마전술과 궁합이 좋아 가끔씩 애용하는 검이기도 했다.

그렇게 얼마나 달렸을까?

[불가살이의 레벨이 올랐습니다.]

[축하드립니다! 소환수의 레벨이 100에 도달하셨습니다.]

[고위 등급의 소환수를 최초로 100레벨에 도달시켰습니다.]

[대단한 업적을 달성하여 시스템이 당신에게 보너스 스탯을 5개 선물합니다.]

[불가살이에게 진화 특성이 부여됩니다.]

눈앞에 떠오른 시스템 알림들.

그것을 본 수호가 조용히 한쪽 입꼬리를 올렸다.

'역시 금방 레벨이 오르네.'

소환수는 단순히 소환만 한다고 해서 경험치를 나눠받지 않는다.

노 페인 노 게인이라고, 함께 싸워야만 경험치를 나눠받고 성장할 수 있다.

시스템은 날로 먹는 걸 용납할 만큼 호락호락한 놈이 아니니까.

그래서 말도 아닌데 일부러 타고 다닌 것.

녀석이 기동성을 확보해 주는 것만으로도 이것은 수호 혼자만의 싸움이 아닌 함께 싸운 파티 플레이가 된 것이니까.

"고생했다, 불가살이."

"불불."

수호는 녀석의 진화 특성을 확인한 다음 다시 역소환시켰다.

진화 특성을 얻었으니 녀석의 진화는 천천히 진행시키면 될 터.

수호는 상태창을 열어 불가살이의 진화로 받은 보너스 스탯 중 4개를 체력 스탯에, 나머지 하나를 마력 스탯에 배분했다.

[체력 스탯이 100이 되었습니다.]

[체력 스탯이 한층 더 성장합니다.]

[축하드립니다! 체력 스탯의 레벨이 올라 오렌지 등급이 되었습니다!]

이로써 스탯 두 개가 오렌지 등급이 됐다.

수호가 갱신된 상태창을 확인한다.

[안수호]

- Lv : 99
- 클래스 : 치유사
- 특성 : <뉴블러드><헤라클레스 후보>
- 근력(O) : 25
- 체력(O) : 1

- 마력(R) : 63
- 감각(R) : 61
- 보너스 스탯 : 0

'이제 내 레벨만 100이 되면 되는 건가.'

계획하고 들어온 건 아니지만 자신보다 불가살이를 먼저 100레벨을 만들었다.

그러니 이제 자신의 레벨만 100이 되면 된다.

수호가 이것저것 재정비를 마쳐 갈 무렵이었다.

[마력감지가 발동됩니다.]

'음?'

갑자기 발동된 마력감지 스킬.

수호는 고개를 들어 어느 한쪽을 보았다.

왜냐면 그쪽으로 엄청난 농도의 마력이 느껴졌기 때문이다.

쿠구구구구……

천장과 바닥이 떨린다.

그와 동시에 시야 저편이 어둡게 물들어 가는 걸 볼 수 있었다.

마치 터널의 끝에서부터 불이 꺼지듯 어둠은 빠른 속도로 이쪽을 향해 잠식해 왔다.

그러나 그것은 어둠이 아니었다.

그것은 강력한 생기를 머금은 생명체였다.

그쯤 수호의 눈앞에 시스템 알림이 추가로 하나 떠올랐다.

[보스 몬스터가 등장합니다.]

보스 몬스터의 등장.

그 알림을 본 수호는 입꼬리를 끌어올렸다.

'드디어 왔구나.'

전생의 공략자들은 이곳에서 보스 몬스터를 본 적이 없다고 했다.

하지만 수호의 눈앞에는 분명히 떠올랐다.

말인즉, 저놈이 바로 수호가 그토록 찾아다니던 패러사이트들의 대가리일 가능성이 높았다.

수호는 기존에 사용하던 형태로 무기를 변형시킨 다음 혈검을 바로 쥐었다.

그런데 그 순간.

콰아아아앙!!

파도처럼 잠식해 오던 어둠은 마치 기차처럼 수호에게 달려와 그대로 정통으로 들이받았다.

마치 교통사고 수준의 충격.

엄청난 고통이었다.

수호가 서 있는 내장 통로 전체를 가득 채울 정도로 거대한 그것은 어둠 같은 게 아니었다.

놀랍게도 녀석 역시 수많은 기생충 중에 한 마리일 뿐이었다.

다만 크기가 좀 클 뿐.

수호는 녀석과 정면출동하고 난 후에야 비로소 녀석의 네임카드를 볼 수 있었다.

- 메가 패러사이트 Lv.131

131레벨의 메가 패러사이트!

시커멓기 그지없는 녀석이 안면으로 수호를 들이받은 채 계속해서 앞으로 돌격해 나간다.

- 쿠어어어어어!!

[메가 패러사이트가 보스 몬스터급 피어를 사용합니다.]

[용혈이 발동됩니다.]

[드래곤 블러드의 용의 정신 효과에 의해 피어가 적용되지 않습니다.]

자신의 안면 전체로 정통으로 들이받은 녀석은 들이받은 안면 그대로 피어를 사용했다.

귀청이 떨어질 것 같고 고막이 터질 것만 같다.

그나마 다행인 건 용혈 덕분에 정신적인 피해는 없다는 것.

수호는 내장 깊이 솟는 핏물을 퉤 뱉어낸 다음 거의 붙어서 끌려가다시피 한 안면 위에서 얼른 자세를 바로잡았다.

그런 다음 혈검을 역수로 쥐고 녀석의 미간을 향해 검을 쑤셔넣었다.

캉!!

조준은 제대로 했다.

하지만 불꽃이 튀며 혈검이 빗나갔다.

'이것 봐라?'

한낱 기생충 주제에 피부 경도가 어마무시하다.

이후에도 같았다.

수호는 몇 번이나 역수로 쥔 혈검을 녀석의 안면에 쑤셔 박았지만 그때마다 불꽃만 튈 뿐 좀처럼 칼날이 박혀 들어가지 않았다.

'이게 이렇게까지 안 박힌다고?'

아무래도 어정쩡한 자세가 문제인 것 같다.

휘두르라고 있는 검인데 휘두르긴커녕 역수로 쥐고 송곳처럼 쑤시기만 하고 있으니.

짜증이 났다.

이런 자세가 아니라 평지에서 제대로 싸웠다면 강철 자르기라도 사용했을 것이다.

하지만 현재 수호는 달리는 기차의 코끝에 거의 매달리다시피 붙어 있는 상황.

그러니 기껏해야 상체나 들어 두 팔을 사용할 뿐, 허리 축이나 하체 등을 사용할 여력은 전혀 안 됐다.

그 순간, 수호에게 좋은 생각이 떠올랐다.

수호는 즉시 왼손으로 혈검을 옮겨 쥔 뒤 오른손을 펼쳤다.

그러자 손 아래로 그림자가 두둥실 뭉치더니 이내 귀영창이 쑤욱 뽑혀 나와 쥐여졌다.

'어디 이것도 한번 막아 봐라.'

조건은 충분했다.

녀석의 커다란 덩치는 굴 전체를 가득 메워 자연스럽게 어둠을 만들어냈고 그 어둠은 녀석의 그림자에서 기반된 것.

그렇기에 수호는 어둠으로 뒤덮인 녀석의 얼굴을 향해 조금도 망설이지 않고 귀영창을 쑤셔박아 버렸다.

콰과곽!!

[그림자 관통이 발동됩니다.]

알림을 본 수호가 웃는다.

그래.

네가 아무리 단단해 봤자지.

그림자 아래 모든 걸 관통시켜 버리는 그림자 관통이라면 녀석의 얼굴을 보란 듯이 뚫어줄 줄 알았다.

- 콰오오오오오!!

녀석이 울부짖는다.

안면을, 그것도 미간을 정통으로 관통당했으니 그럴 수밖에.

그뿐이랴?

[그림자 출혈이 발동됩니다.]

조건이 안 돼 그림자 주박은 발동되지 못했지만 그래도 도트뎀을 넣을 수 있는 그림자 출혈 효과가 발동되어 녀석에게 지속적인 피해가 들어가기 시작했다.

수호는 그때부터 귀영창을 역수로 쥐어 무차별적으로 녀석의 안면을 쑤시기 시작했다.

- 콰오오!! 콰오오오!!

울부짖는 메가 패러사이트.

안면을 미친 듯이 쑤셔 파자 점점 녀석의 질주 속도가 줄어든다.

동시에 온몸을 비틀며 괴로워하기 시작했고.

- 콰오오오오!!

그 여파로 고통받기 시작한 메가 웜 또한 울부짖기 시작했다.

수호가 쑤셔박은 귀영창을 다시 들어올리며 말했다.

"쌍으로 울부짖고 아주 난리네."

콰득!!

그렇다면 빨리 네놈을 죽여 이 사태를 해결해야겠지.

수호는 녀석의 미간에 마지막으로 귀영창을 쑤셔박았다.

그러자 녀석은 더 이상 달리는 것을 포기하고 제자리에서 몸을 비틀며 괴로워하였다.

수호는 그때를 놓치지 않고 녀석의 얼굴에서 떨어졌다.

그리고 혈검을 허리춤까지 당겨 자세를 취했다.

"후."

숨을 한번 끊어 삼킨다.

고작해야 130레벨짜리한테 너무 크게 한방 먹었다.

그러니 이제라도 얼른 정리를 해야 하지 않겠나.

그 순간, 끊어 삼킨 숨과 함께 검이 격발되듯 앞으로 뻗어졌다.

[구름 베기가 발동됩니다.]

촤아아!

혈검이 뻗어지며 수호의 시야 전체에 붉은 선 하나가 크게 그어진다.

그와 동시에.

촤가가가각!

메가 패러사이트의 얼굴과 몸.

그리고 메가 웜의 내장 전체가 보란 듯이 두 동강 나 버렸다.

마치 수평선을 가르듯 그어진 붉은 선은 수호의 시야를 완벽하게 양단냈다.

그 과정에서 메가 패러사이트 또한 정확하게 반으로 갈라졌으며 그것이 곧 녀석의 최후이기도 했다.

[메가 패러사이트를 처치하셨습니다.]

[게이트가 공략되었습니다.]

[게이트 공략의 MVP는 '안수호' 님입니다.]

[MVP 선정으로 추가 경험치가 제공됩니다.]

[MVP 선정으로 보너스 스탯이 1개 제공됩니다.]

[레벨이 올랐습니다.]

[모든 스탯이 1 올랐습니다.]

[보너스 스탯을 1개 획득하셨습니다.]

시스템 알림이 쏟아진다.

그것을 본 수호의 입꼬리가 올라갔다.

전생의 공략자들은 보지 못했을 알림들.

강제로 배출되었던 그들과는 달리 수호는 히든 조건인 보스 몬스터를 처치하고 당당히 MVP를 달성할 수 있었으니까.

그뿐이랴?

[레벨이 100이 되었습니다.]

[대단한 업적을 달성하여 시스템이 당신에게 보너스 스탯을 5개 선물합니다.]

[플레이어가 특이점에 도달합니다.]

[클래스 퀘스트가 활성화됩니다.]

[특성 퀘스트가 활성화됩니다.]

[용혈의 세 번째 권능의 해금 조건들 중 첫 번째 조건이 달성되었습니다.]

[뱀파이어 블러드의 두 번째 해금 조건들 중 첫 번째 조

건이 달성되었습니다.]

쏟아지는 추가 시스템 알림들.

레벨이 100이 된 덕분이었다.

수호는 뒤이어 떠오른 알림들을 보며 웃음을 감추지 못했다.

'드디어 1성 레벨이 되었군.'

전생에 비하면 놀라우리 만큼 빠른 속도.

수호는 상태창을 띄워 스탯 분배를 시작했다.

[안수호]

- Lv : 100
- 클래스▲ : 치유사
- 특성▲ : <뉴블러드><헤라클레스 후보>
- 근력(O) : 26
- 체력(O) : 2
- 마력(R) : 70
- 감각(R) : 62
- 보너스 스탯 : 0

수호는 획득한 보너스 스탯 전부를 마력에 투자했다.

그리고 클래스와 특성 항목 각각에 붙은 퀘스트 활성화

표시를 보고 만족스러운 표정으로 상태창을 닫았다.

이어 수호가 시선을 옮긴 곳은 죽은 메가 패러사이트의 사체였다.

수호는 바로 귀영창을 소환해 녀석의 사체에 꽂아 넣었다.

[귀영창이 메가 패러사이트의 그림자에 반응합니다.]

[귀영창이 메가 패러사이트의 그림자를 흡수합니다.]

그림자 피딩도 이것으로 끝.

수호는 다시 시선을 옮겨 메가 패러사이트와 함께 양단난, 한때는 벽이었던 메가 웜 내장의 일부를 보았다.

"흠."

메가 패러사이트가 너무 날뛴 탓에 절단의 아픔은 묻혀버린 걸까?

혈검에 찔렸을 때만 해도 아파서 비명 지르기 바쁘던 놈이 이번에는 위산의 파도는커녕 비명소리조차 듣지 못했다.

수호가 잘린 표면에 가까이 다가가 표면 주위를 살폈다.

'깔끔하게 잘렸네.'

한 번에 베어서 그런지 절단면이 깔끔하다.

수호는 시선을 옮겨 단면 너머의 풍경을 보았다.

단면 너머.

그곳은 메가 웜 바깥의 외부가 아니었다.

단면 너머에는 또 다른 내장 줄기들이 숱하게 펼쳐져 있었다.

그뿐이랴?

꾸물꾸물……

메가 웜의 잘린 내장 줄기는 잘린지 얼마 되지 않아 재생을 시작했다.

이것이 내장을 테마로 한 게이트에서 내부를 파괴하여 밖으로 나갈 수가 없는 이유였다.

'물론 무식하게 파워게임으로 가면 나갈 수야 있겠지만…….'

조금만 생각을 할 줄 아는 플레이어라면 아무도 그런 짓은 하지 않을 것이다.

우선 이런 식으로 설정된 게이트 바깥에 무엇이 있을지 아무도 모르며 괜히 그런 짓을 했다가 공략 인정을 받지 못하면 그냥 힘만 쓰고 게이트 자체를 날려버리는 꼴이 될 테니까.

이윽고 귀영창이 피딩을 마친 직후였다.

[귀영창이 강화됩니다.]

[귀영창이 메가 패러사이트의 그림자를 완전히 흡수하였습니다.]

얼마 전에 3단계 의식을 해방시켜서 그런지 이번에도 약간의 강화만 이루어질 뿐 별다른 변화는 없다.

대신 귀영창이 흡수하고 난 자리에 더 좋은 게 남았다.

그것은 바로 메가 패러사이트의 사체.

수호는 귀영창을 역소환시킨 후 인벤토리에서 재료 아이템 하나를 꺼냈다.

수호가 꺼내든 건 다름 아닌 괴물 사자의 발톱이었다.

'혈검으로도 안 뚫리는 외피에는 이만한 게 없지.'

물론 구름 베기나 강철 자르기를 사용하면 충분히 외피를 가르고도 남을 것이다.

하지만 지금 수호가 하려는 건 전리품 루팅.

괜히 크게 검을 휘둘렀다 메가 패러사이트의 내부가 손상되기라도 하면 전리품이 크게 상할 수도 있는 일.

그렇기에 전리품 루팅을 할 땐 고고학자가 유적지를 발굴하듯 세심하게 작업을 해야 했다.

그리 생각하며 괴물 사자의 발톱으로 메가 패러사이트의 몸을 긋자 분명 혈검으로 있는 힘껏 찔러도 스파크만 튀기던 메가 패러사이트의 가죽이 비단 자르듯 너무나도 쉽게 갈라졌다.

수호는 발톱으로 녀석의 몸 전체를 갈라 나누기 시작했다.

그런 다음 침착하게 녀석의 몸 내부를 헤집기 시작했고 얼마 지나지 않아 훌륭한 전리품들을 손에 넣을 수 있었다.

그 시작은 마정석이었다.

'역시 1성급짜리 보스 몬스터의 마정석은 크기부터가 다르네.'

1성급에 보스 몬스터급 마정석은 아무리 작아도 그 등

급이 S급으로 시작한다.

아무리 돈이 많아도 안 챙길 이유가 없다.

S급 마정석부턴 단순한 돈벌이용이 아닌 귀중한 재료 아이템이 되기도 했으니까.

그 다음으로 확보한 건 녀석의 심장이었다.

'기생충형 몬스터의 심장은 트롤 이상의 재생력을 가지고 있지.'

그것도 '식사재생'이라는 먹어서 몸을 회복시키는 특별한 재생능력이 말이다.

하지만 아직 가장 중요한 전리품이 나오지 않았다.

수호는 녀석의 몸을 신중하게 헤집은 끝에 마침내 원하는 것을 찾을 수 있었다.

그것은 멜론 정도 크기의 새카만 보옥이었는데 수호가 그것의 정보를 확인했다.

[부화하지 않은 메가 패러사이트의 알]

아직 부화하지 않은 메가 패러사이트의 알.

알을 부화시키기 위해선 충분한 영양공급이 이루어져야 하며, 영양공급은 생기에 반응한 알이 주변 환경으로부터 스스로 영양섭취를 한다.

아이템 정보를 확인한 수호가 웃는다.

부화하지 않은 메가 패러사이트의 알.

이건 말이 알이지 결코 평범한 알 따위가 아니었다.

'다른 것도 아니고 대형 기생충의 알이다. 어떻게 사용하냐에 따라 누군가에겐 아주 치명적인 저주가 될 수도, 테러 병기가 될 수도 있지.'

그렇기에 수호는 그것을 인벤토리에 소중히 넣었다.

애초에 이걸 노리고 온 것은 아니지만 이것의 쓰임새는 그 누구보다도 잘 알았으니까.

이 정도면 됐다.

전리품 루팅을 마친 수호는 그제서야 바깥으로 향하는 포탈을 향해 발걸음을 옮겼다.

봉인 게이트 바깥.

얼마나 기다렸을까?

금방 나온다던 수호는 생각보다 시간이 오래 걸렸고 모두가 기다리다 지쳐 꾸벅꾸벅 졸고 있을 무렵.

"어, 어!"

"게이트 라인이 무너집니다!"

"게이트 공략됐습니다!"

근무를 서던 군인들에 의해 게이트 공략 소식을 알 수 있었다.

"이예쓰!!"

특히 임연현 소장이 무척이나 기뻐했다.

그 모습을 본 조진휘가 놓치지 않고 얼른 카메라로 찍었다.

그리고는 웃으며 물었다.

"게이트가 공략된 게 그렇게나 기쁘십니까?"

"아휴, 당연히 기쁘죠. 그걸 말씀이라고 하십니까?"

"에이, 제 눈에는 드디어 여길 탈출하실 수 있게 돼서 기뻐보이시는데요?"

"흠흠, 사실 그런 것도 좀 없잖아 있긴 합니다만…… 엇, 지금 한 말 그대로 기사에 쓰시면 안 됩니다?"

"아휴, 걱정하지 마세요. 그냥 '봉인 게이트가 공략되어 기뻐하는 군인의 모습' 정도로 올라갈 겁니다."

"그럼 다행이고요."

두 사람은 이어 게이트 입구로 가 수호를 기다렸고 조진휘는 수호와 함께 후속 촬영까지 마무리 지은 다음에야 봉인 구역을 나설 수 있었다.

조진휘가 자연스럽게 운전석으로 향하며 말했다.

"갈 때는 제가 운전하겠습니다."

"아뇨, 제가 운전하겠습니다. 시간도 아끼실 겸 가시면서 인터뷰나 하시죠."

"그럴까요? 근데 피곤하시면 인터뷰는 나중에 하셔도 되는데."

"괜찮습니다. 별로 안 힘들어요."

"역시 안 프로님 체력은…… 알겠습니다. 그럼 바로 인터뷰 시작할게요. 우선 게이트 안은 좀 어떠셨나요? 거긴 툭하면 염산 수준의 파도에 기생충들이 드글드글 거린다던데. 이번엔 무슨 방법으로 공략해 내신 거세요?"

"이번 게이트의 경우엔……."

수호는 전생의 공략자들이 공략했던 방법과 자신이 행한 히든 공략법을 적절히 섞어 당시 상황을 설명했다.

물론 이것이 히든 공략법이라고는 말하지 않았다.

현재의 시간선에서 산의 늪은 단 한 번도 공략된 적이 없는 미공략 게이트였기에.

"역시 안 프로님…… 그럼 그 메가 패러사이트에선 무엇이 나왔나요?"

"메가 패러사이트에선……."

조진휘의 물음에 수호가 자연스럽게 대답하려던 순간 수호는 말을 멈추었다.

그러더니 잠시 고민한 끝에 조진휘에게 말했다.

"기자님."

"네?"

"이번 기회에 특집기사 하나 준비해 보실래요?"

"특집기사요?"

특집기사란 말에 조진휘의 눈이 반짝 빛난다.

그가 수첩의 새로운 페이지를 펼치며 펜을 들었다.

"어떤 특집기사일까요?"

"공무원 헌터들의 게이트 공략 보수에 대한 특집기사요."

"게이트 공략 보수에 대한 거라면…… 헉, 설마?"

역시 플레이어 전문기자 조진휘.

척하면 착이다.

수호가 고개를 끄덕이며 말했다.

"기자님도 잘 아시겠지만 현재 우리나라는 공무원 헌터가 공략한 게이트에 대한 권리가 거의 없습니다. 시스템에 의해 강제로 획득된 게 아닌 이상 게이트 안에서 습득한 전리품을 모두 국가에 반환해야 하죠."

"예, 심지어 이런 식의 보수 제도를 가지고 있는 건 전세계에서 우리나라뿐이라죠?"

"왜 그런 것 같습니까?"

"업계 이해도가 떨어지는 사람들이 국내 각성자법을 만들어서 발생한 문제인 것 같습니다."

"바로 그겁니다. 그리고 이런 구닥다리 같은 악법들 때문에 국가 헌터의 인기가 바닥을 치는 거죠. 헌터란 직업 자체가 인류를 위해 만들어진 숭고한 것이긴 하나 그중에서도 국가 헌터만큼 사명감을 가진 사람들이 또 어디 있을까요?"

"맞습니다. 모든 헌터들이 군인만큼의 대우는 아니더라도 국가 헌터들만큼은 자국군만큼의 대우를 받아야 하는데…… 이 나라는 예나 지금이나 애국하는 사람들의 마음을 개똥으로 알죠. 군인도 그렇고 소방관도 그렇고."

"그래서 제가 그 부조리함을 고치기 위한 밑그림을 한번 그려 보고자 합니다."

수호의 말에 조진휘가 피식 웃으며 말했다.

"이번에는 일찍 말씀해 주시네요?"

"이번 건은 저 혼자서 모든 걸 준비하기엔 좀 벅차서요. 기자님이 좀 도와주세요."

"하하, 이런 건은 구체적인 사례와 비교 자료로 밀어붙여야 하는데 이런 작업들이 손이 좀 많이 가긴 하죠. 저만 믿으세요. 근데…… 밑그림이면 나중에 터뜨리시겠네요?"

"예, 다른 이슈랑 묶어서 한꺼번에 터뜨려 보려고요. 그 정돈 돼야 사람들이 관심을 가져주니까."

"알겠습니다. 그러면 그때까지 저도 밑그림 잘 짜놓고 있겠습니다. 그럼 이번에 공략하신 산의 늪 게이트 건은요?"

"이건은 허가나는 대로 바로 말씀드리겠습니다."

"오케이. 덕분에 한동안 꽤 바빠지겠는데요? 특집기사는 원하시면 사이즈를 키워 드리겠습니다. 디테일을 보니 제가 살릴 수 있는 부분이 꽤 많을 것 같거든요. 예컨대 보상도 제대로 못 받고 부상으로 퇴직한 국가 헌터분들 인터뷰도 넣을 수 있을 것 같네요."

역시 조진휘다.

그의 꼼꼼함에 수호가 웃으며 대답했다.

"그럼 잘 부탁드리겠습니다."

"어휴, 저야말로 항상 잘 부탁드립니다."

부웅!

이윽고 조진휘와 찢어진 수호는 바로 대헌협으로 향했다.

협회로 다시 돌아가 보니 게이트층 전체가 조용했다.

퇴근 때가 지나서였다.

'여긴 현장 파견이 많은 곳이다 보니 시간을 넘겨서까지 있는 경우는 드무니까.'

오히려 잘됐다.

아무도 없으면 되려 조용히 일을 할 수 있을 테니.

그리 생각하며 자리로 이동하려던 찰나 문제가 하나 생겼다.

'……근데 내 자리가 어디지?'

생각해 보니 아직 내 자리가 어딘지 안내도 못 받았다.

이런.

내 자리 위치 묻자고 철민이 형한테 전화하긴 싫은데.

그때였다.

어떻게 할지 머리를 굴리려던 찰나 회의실 문이 열리며 반가운 얼굴이 나타났다.

정철민이었다.

"팀장님?"

"여어, 왔어?"

"아직 퇴근 안 하셨어요?"

"응, 아직 안 했어. 그나저나 게이트 공략하고 오는 길이야?"

"예, 뭐 그렇긴 한데…… 설마 저 기다리신 거세요?"

"뭐, 겸사겸사?"

놀랍게도 정철민은 정말로 수호를 기다리고 있었다.

수호라면 왠지 오늘 내로 게이트를 공략하고 다시 이곳에 올 것 같아서.

정철민이 시간을 확인하며 말했다.

"그래도 엄청 늦지는 않았네? 역시 게이트 위치가 서울이라서 그런가."

"아니, 아무리 그래도 그렇지 제 공략이 언제 끝날 줄 알고 무작정 기다리신 거예요?"

"다른 사람도 아니고 너잖아. 너는 빨리 끝날 것 같았어."

"아무리 그래도 그렇지……."

"그래도 마냥 너만 기다리고 있었던 건 아니다? 네 보고서도 쓰고 간만에 밀린 서류 업무도 좀 하고 나름 바빴어."

사람 좋은 웃음을 짓는 정철민.

말은 그렇게 했지만 진짜 이유는 수호 때문이란 걸 안다.

철민이 형은 그런 사람이니까.

그래서 수호도 웃으며 말했다.

"다행이네요. 안 그래도 제 자리가 어딘지 몰라서 고심하고 있었거든요."

"아, 그렇네? 그러고 보니 오 팀장님 때문에 네 자리도 못 알려주고 일부터 보냈지. 그런 의미에서 네 자린 저기야."

창가 옆자리.

수호가 좋아하는 자리 중 하나였다.

"좋네요."

"혹시 몰라서 너 없는 동안 자리 셋팅도 좀 해놨다. 컴퓨터 비밀번호는 알아서 걸고 업무 인수인계는……."

말을 잇던 정철민이 어색하게 웃으며 말했다.

"궁금한 거 있으면 그냥 나한테 물어봐. 그게 마음 편할 거야."

정철민이 어색하게 웃는 이유.

수호는 정철민이 왜 저렇게 말하는지 잘 안다.

그도 그럴 게 수많은 직장들 중 유독 정부기관이 인수인계 쪽으로 문제가 많았기 때문.

'자기가 일해 놓은 것들을 지워 버리고 가거나 파일 위치를 난잡하게 해놓는 편이지…… 그래서 거의 맨땅에 헤

딩 수준으로 업무 파악을 해야 하는 게 현실이지.'

이런 현상이 생기는 이유?

단순했다.

그냥 책임지기가 싫어서.

혹여나 맡은 업무에 문제가 생기면 이전 책임자가 하던 대로 했는데요? 식의 책임전가가 많아 안 그래도 개판인 곳이 더더욱 개판이 되었다. 특히나 인수인계 쪽으로.

그래서 이전 생의 수호도 서류 업무 만질 때 고생깨나 했다.

수호가 9급 현장직으로 들어오긴 했지만 그렇다고 아예 서류를 안 만질 순 없는 거니까.

그래도 결국엔 서류 업무도 마스터했다.

내 공무원 짬밥이 얼만데.

수호가 웃으며 말했다.

"일단 매뉴얼 보고 최대한 해보고 안 되면 여쭤보겠습니다."

"그래, 그렇게 하도록 해. 근데 넌 여기 왜 왔냐? 와도 할 거 없을 텐데."

"당연히 게이트 공략했으니 공략 보고서 쓰러 왔죠?"

"잉? 넌 내 말을 뭘로 들은 거냐? 그거 내가 쓴다고 했잖아."

"네? 그거 농담 아니셨어요?"

"내가 너랑 농담할 군번이냐? 농담이 아니라 너 기다리는 동안 심심해서 진짜 내가 썼어. 한번 볼래?"

정철민이 자기가 쓴 서류를 가져와 수호에게 보여주었다.

나 참.

정말로 써왔다.

심지어 수호가 부분부분 디테일을 채울 수 있게 표시까지 해놓은 채로.

역시 철민이 형.

일처리가 참 뛰어나다.

하지만 일처리가 뛰어난 것과는 별개로 수호는 정철민에게 미안함을 느꼈다.

수호가 어색하게 웃으며 말했다.

"죄송합니다. 아무리 그래도 제가 부사수인데……."

"또 그 소리냐? 아무도 못 들어가는 현장에 혼자 들어가서 고생해 주는데 이런 거라도 내가 해줘야 상사 체면이 살지. 그런 소리 말아."

"감사합니다, 게이트 공략 더 열심히 하겠습니다."

"흠흠, 뭐 꼭 그러란 건 아니었는데…… 근데 너 어디 다친데는 없냐?"

그러고 보니 수호의 행색이 멀끔하다.

워낙에 난 놈이라 순간 신경을 못 쓰고 있었는데 생각해보면 수호가 공략하고 온 게이트는 다름 아닌 산의 늪.

수호의 블러드 웨폰이 산에 부식되지 않는 소재인 건 알지만 그것과는 별개로 입고 간 옷이나 피부 같은 건 사정이 다르지 않은가.

그 말에 수호가 블러드 웨폰으로 몸을 감싸 보이며 말했다.

"이렇게 감싸고 다녔죠."

"그게 무기로만 쓸 수 있는 게 아니었어?"

"괴물 사자 때도 넓게 펼쳐서 사용했는데 못 보셨나 봐요?"

"아아, 그랬었지. 그나저나 그 블러드 웨폰이란 거 보면 볼수록 참 신기하네. 정말 그것만 있으면 어떤 형태로든지 만들 수 있는 거야?"

"그쵸?"

"그럼 효자손이나 십자 드라이버 같은 것도 돼?"

"……네?"

효자손이랑 십자 드라이버라니?

그런 건 생각도 못 했는데……

그래서 말 나온 김에 한번 해보기로 했다.

"한번 보여드려요?"

[블러드 웨폰이 발동됩니다.]

스킬 사용과 동시에 꾸물렁거리더니 수호가 상상한 형태의 붉은 효자손이 만들어졌다.

그걸 본 정철민이 감탄했다.

"와, 빨간 효자손 이쁘네."

"이걸 보고 효자손 생각하시는 분은 아마 팀장님밖에 없을 겁니다."

"효자손이 왜? 내가 효자손을 자주 쓰거든. 이거 잘만 쓰면 엄청 편리하겠다. 막말로 크기 조절도 되니까 이쑤시개나 숟가락으로도 쓸 수 있을 거 아냐."

"……."

수호는 할 말을 잃었다.

정말 정철민스러운 아이디어였기 때문.

수호가 고개를 저으며 말했다.

"제 블러드 웨폰을 그런데 쓰고 싶진 않네요. 아무튼 그럼 이 보고서만 제가 보강하면 될까요?"

"그렇지? 근데 쓸 줄 알겠어? 그냥 나온 김에 나랑 같이 쓰는 게 어때. 아님 내일 나와서 쓰거나. 지금 쓰기 시작하면 시간이 너무 늦어질 것 같아서 하는 말이야."

"저야 뭐 상관은 없는데……."

수호가 잠시 생각하던 끝에 말했다.

"팀장님."

"응?"

"혹시 보고서 내는 거 며칠만 좀 미뤄도 될까요? 아니면 그냥 추가로 게이트 하나만 더 공략하고 한꺼번에 내도 될까요?"

"왜?"

"솔직히 말씀드리면 제가 마침 레벨이 100이 됐거든요."

"100? 그게 정말이야?"

"예, 그래서 직업 퀘스트 진행을 좀 해야 될 것 같아서요. 아무래도 저희가 하려던 일을 진행하려면 직업 퀘스트 같은 것들을 먼저 처리하고 진행하는 게 낫지 않을까 해서요."

"아, 가능하지! 무조건 가능하지! 그걸 왜 이제서야 말해! 축하해, 레벨 100 된 거."

레벨 100.

1차 특이점이라고도 부르며 특성과 클래스에 변화가 찾아오는 이 시기는 플레이어에게 있어 굉장히 중요한 시기였다.

게다가 1성급 플레이어부터는 어느 길드, 어느 국가를 가든 환영받는 존재.

아무리 시대에 뒤처진 대헌협이라 할지라도 이런 사실조차 대수롭게 여기진 않는다.

헌터는 귀한 인적자원이었으니까.

정철민이 말했다.

"그러지 말고 아예 특이점 휴가를 받아서 움직이는 건 어때? 너 몰랐지? 대헌협에 특이점 휴가 제도가 있는 거."

"알고 있습니다. 근데 사흘밖에 안 되잖아요."

"그건…… 그렇긴 하지."

정철민의 목소리가 줄어든다.

정철민도 아는 것이다.

겨우 사흘 가지고 어떻게 모든 걸 해결할 수 있을까.

물론 사흘이라는 기간도 통계청에서 조사한 걸 바탕으로 기간을 낸 거라지만……

'플레이어마다 특이점이 다 다른데 어떻게 사흘만에 다 끝내.'

대형 길드 같은 경우엔 플레이어가 특이점 기간에 도달하면 아예 보름 정도 휴가를 준다.

모자라면 더 추가해 주는 형식이고.

물론 대헌협도 요청하면 더 주기야 하겠지만……

'근거 자료를 자세하게 제출해야 해서 무척이나 까다롭지.'

통계에는 항상 통계의 함정이라는 변수가 존재하기 마련이니까.

물론 수호는 피성열이 사석에서도 물은 바가 있어 '검의 길'로 설정해 놓긴 했다.

검의 길은 검사라면 누구나 얻는 평범한 특성이고 전생에도 한번 얻어 본 것이라 그 누구보다 검의 길에 대해 잘 알았기 때문이다.

그래서 실제로 보유한 특성이 검의 길이라면 사흘이 아

니라 하루면 충분했다.

문제는 수호의 특성이 검의 길이 아니라는 거지만.

그래서 사흘이 부족할 수도 있는 것.

수호가 말했다.

"뭐, 물론 어떻게 될진 몰라서 웬만하면 좀 넉넉하게 기간을 잡고 처리하고 싶어서요. 제 개인 특성이 검의 길이긴 한데 팀장님도 아시다시피 제가 치유사잖아요?"

"아, 그렇지. 그럼 변수가 있을 수도 있겠네. 그래서 봉인 게이트를 끼워 넣으려는 거야?"

"예, 그렇게 하면 준비기간부터 공략기간까지 시간을 좀 더 유도리 있게 쓸 수 있잖아요."

그 말에 정철민이 잠시 입을 다물더니 피식 웃으며 말했다.

"넌 가만 보면 사람이 참 정직해."

"갑자기요?"

"아니, 말이 그렇잖아. 네가 바보도 아니고 네 레벨은 네가 제일 잘 알 텐데 이번에 산의 늪 게이트 공략하면 당연히 특이점이 올 거란 것도 예상했잖아? 근데도 굳이 게이트 공략하고 나와서 새로 허락을 구한다는 것 자체가 넌 참……."

하하.

제가 그렇게 정직한 건 아니지만 형 눈에는 그렇게 보일 수도 있겠군요.

하지만 굳이 그 사실을 입 밖으로 내뱉진 않았다.

수호가 웃으며 말했다.

"아무리 그래도 같이하는 일인데 파트너이자 사수를 속여서야 쓰겠습니까."

"네가 그렇게 생각해 주면 난 참 고마운 거고. 근데 이럴 줄 알았으면 처음부터 그냥 이야기하지 그랬냐, 그럼 산의 늪에 가기 전부터 아싸리 넉넉하게 작전을 짰을 텐데."

"에이, 아직 일어나지도 않은 일로 배려부터 받는 건 잘못된 거죠. 여기가 직장이지 동호회 같은 곳은 아니잖아요? 그래서 일단은 업무다운 업무를 하나 하고 제 특이점이든 뭐든 진행하는 게 나을 것 같다고 생각했습니다. 그래서 말인데 아까 회의실에서 보여 주셨던 게이트 후보들 자료 있잖아요? 그것 좀 다시 볼 수 있을까요?"

"어, 잠시만."

정철민이 자료를 가지고 오자 수호가 게이트 자료 중 하나를 가리키며 말했다.

"여기. 환경적 특성 때문에 공략도 까다롭고 시간도 좀 걸리죠? 플레이어들의 게이트 잔류 시간도 가장 길었고. 그러니 이번엔 여길 공략하는 걸로 하고 그 기간 동안 제 개인 이슈도 모두 처리하고 오겠습니다."

"흠……."

수호의 제안에 정철민이 턱을 어루만진다.

사실 어딜 들어가나 모두 봉인 게이트라 위험함에 대해 이야기하는 건 의미가 없긴 했다.

게다가 자신은 봉인 게이트에는 발도 못 넣을 정도로 레벨도 낮고.

그러니 결국엔 수호의 말에 따를 수밖에 없다.

“알겠다. 그렇게 하자. 그럼 순서나 필요한 과정 있으면 나한테 공유해. 최대한 협조해 줄 테니까. 이 건은 너랑 나랑만 알고 있으면 돼지?”

“예, 그래 주시면 너무 감사하겠습니다.”

“좋아. 그럼 디테일한 건 너가 알아서 진행하기로 하고…… 근데 너 내일은 잠깐 시간 되냐?”

“뭐 때문에 그러세요?”

“시보떡 있잖아. 그거 내가 주문해 뒀거든. 내일 잠깐 나와서 네가 돌리기만 해라.”

“네?”

“그냥 와서 돌려. 결제도 내가 했으니까 너무 부담갖지 말고 그냥 얼굴도장 찍으면서 돌리기만 해. 시보떡 문화, 모두가 안 좋아하는 건 알지만 그래도 막상 안 하면 눈총 받는 게 현실이야.”

“아니, 아무리 그래도 이건…….”

“내 임용 선물이라고 치자. 팀장이 돼서 해줄 수 있는 게

이것뿐이네. 그런 의미에서 다시 한번 임용 축하해?"

"팀장님……."

정철민이 어색하게 웃으며 수호의 어깨를 툭 친다.

Chapter 2

다음 날, 수호는 결국 정철민의 말대로 하기로 했다.

“이번에 특수관리2팀의 부팀장으로 발령받은 안수호라고 합니다.”

수호는 정철민이 주문해 준 쿠키를 들고 부서 사람들에게 인사를 돌렸다.

원래라면 하지 않으려고 했던 일이다.

이미 한번 돌려 본 시보떡이고 그렇게 좋은 기억도 아니었기에 적당히 모른 척 넘어가려고 했다.

하지만 정철민이 자신을 생각해 손수 쿠키를 주문해 주었는데 어찌 모른 척할 수 있을까?

‘끝까지 잘난 척 거부하는 건 부사수된 도리로서 해선 안 될 일이지.’

그래서 일단은 정철민의 호의를 받아 쿠키를 돌렸다.

인사도 확실하게 했으며 눈도장도 찍었다.

사람들 반응은 좋았다.

보통 신입도 아니고 젊은 5급 특채인데다 심지어 메가 인플루언서급 인기를 가진 수호가 돌리는 쿠키였으니까.

"이거 퀸즈 베이커리꺼 아냐?"

"이야, 역시 사람이 사람인지라 센스가 다르네."

"검신한테 쿠키받았다고 자랑해야지."

특히 특수관리1팀장 오봉주가 가장 좋아라 했다.

"역시 2팀이 센스가 좋아? 잘 배웠어."

하하.

2팀이 센스가 좋은 게 아니라 철민이 형이 센스가 좋은 겁니다만.

그러나 이왕 좋게 그려진 분위기를 망치기가 싫어 웃음으로 화답했다.

그렇게 쿠키를 모두 돌리고 자리로 돌아오니 정철민이 사람 좋은 웃음을 지으며 수호를 반겨주었다.

"쿠키 다 돌렸냐?"

"예, 덕분에 성공적으로 시보떡 돌릴 수 있었습니다. 감사합니다, 팀장님."

"감사는 무슨, 그래도 고맙다. 거절 안 하고 받아줘서."

"에이 다 차려주신 밥상에 숟가락만 얹는 건데 이 정도는 해야죠. 그나저나……."

수호가 여전히 비어 있는 특관2팀 사람들 자리를 보며 말했다.

“오늘도 아무도 없네요?”

“어, 다들 다른 현장으로 급하게 출동 나갔거든.”

“항상 바쁘시네요들.”

“그게 우리 일이야. 동시에 네 미래이기도 하고. 그나저나 시보떡도 다 돌렸겠다, 바로 출발하냐?”

“예, 그럴 생각입니다.”

정철민이 시간을 확인한 후 말했다.

“잘됐네. 그럼 나도 바로 타지역으로 나가 봐야 하니 이쯤에서 찢어지자. 중간에 무슨 일 있으면 연락하고.”

“예, 알겠습니다.”

“그래, 그럼 수고.”

원래도 항상 현장에 나가 있는 사람이다.

그런데 수호 때문에 잠시 들어와 있었던 것.

정철민과는 전날 이야기를 모두 마쳐놓았다.

클래스 퀘스트와 특성 퀘스트를 먼저 해결한 후에 다른 봉인 게이트까지 공략하고 한꺼번에 보고를 올리는 걸로.

그럼 굳이 특이점 휴가를 쓰지 않아도 넉넉하게 특이점 일정을 마무리할 수 있었으니까.

그렇게 생각하며 정철민을 따라 부서를 나서려던 찰나였다.

"어, 어, 수호 씨 잠깐만."

누군가 수호를 불렀다.

고개를 돌려 보니 1팀의 오봉주 팀장이었다.

"네, 왜 그러세요?"

"아, 다른 게 아니라 나랑 사진 하나만 찍자고."

"사진요?"

"엉, 나도 별스타 하는데 수호 씨가 준 시보떡이랑 같이 사진 좀 올릴까 해서. 괜찮지?"

싱글벙글 웃으며 말하는 오봉주.

그는 진심이었다.

우연찮게 생긴 기회를 절대로 놓치기가 싫었으니까.

수호는 순간 거절하려다 그냥 한 장 찍어주기로 했다.

"알겠습니다."

"역시 수호 씨야, 아주 쿨해."

그렇게 사진 한 장을 찰칵 찍어주며 수호가 말했다.

"시보떡 추천은 감사했습니다, 팀장님 추천대로 퀸즈 베이커리 제품으로 사서 돌리니까 다들 반응이 좋네요."

"하하, 그치? 나 아니면 누가 이런 걸 알려주겠어? 평소에도 많이 도와줄 테니 나만 믿으라고."

"예, 그럼 앞으로도 많은 지도 편달 부탁드리겠습니다."

수호는 정중하게 인사하고 협회를 나섰다.

그런 다음 별스타그램을 켜 오봉주의 별스타 아이디를

찾았다.

그러자 아니나 다를까, 좀 전에 찍은 사진으로 오봉주의 피드에 게시글 하나가 업로드 되어 있었다.

- 시보떡 돌린 안수호 부팀장이랑 한컷 ㅋㅋ 참고로 시보떡 #퀸즈베이커리 쿠키로 하라고 내가 알려 준 거임~ㅋㅋ

게시글을 확인한 수호는 피식 웃은 뒤 다시 화면을 껐다.

'뭐, 뒷일은 알아서 감당하겠지.'

정철민 때문에 시보떡과 관련된 일은 이만 잊으려고 했다.

그런데 오봉주가 알아서 불씨를 키워주니 그저 감사할 따름.

아마 오봉주는 모를 것이다.

자신의 행동이 얼마나 경솔한 것인지를.

그리고 이번 기회에 알게 될 것이다.

사람들은 상상 이상으로 타인의 선의를 자기 멋대로, 심지어 나쁘게 해석하는지를 말이다.

'내 알 바는 아니지만.'

이제 남은 건 굿이나 보고 떡이나 먹으면 된다.

수호는 차에 탑승해 집으로 귀가했다.

집은 조용했다.

지금 이 시간이면 모두들 파주로 출근해 개인 훈련을 하고 있을 때니까.

수호는 빠르게 환복한 뒤 집 지하 연습실로 내려갔다.

그런 다음 상태창을 확인했다.

"상태창 확인."

[안수호]

- Lv : 100
- 클래스▲ : 치유사
- 특성▲ : <뉴블러드><헤라클레스 후보>
- 근력(O) : 26
- 체력(O) : 2
- 마력(R) : 70
- 감각(R) : 62
- 보너스 스탯 : 0

클래스와 특성 칸 옆에 ▲ 표시가 생겼다.

삼각형은 퀘스트 활성화 표시였는데 저것을 터치하는 순간 관련 퀘스트가 바로 진행될 예정이었다.

'우선은 클래스 퀘스트부터.'

수호가 클래스 옆 삼각형을 터치한 순간이었다.

[클래스 퀘스트가 활성화됩니다.]

[시스템은 최소한의 자격을 갖춘 당신이 더욱 더 강해지길 원합니다.]

[■■이 당신을 시험하고 싶어 합니다.]

[시험에 응하는 즉시 증명을 위한 시련이 시작됩니다.]

[시련에 응하시겠습니까?]

시스템의 물음.

1차 특이점의 클래스 퀘스트는 이런 식으로 진행된다.

그래서 일부러 집으로 온 것이다.

수호는 조금도 망설이지 않고 물음에 응했다.

[시련에 응하셨습니다.]

[시련의 장으로 이동합니다.]

시스템 알림과 함께 순간 수호의 시야가 까맣게 물든다.

*

"흐아아아악!!"

날카로운 비명 소리.

그 소리에 수호는 정신이 번쩍 들었다.

그와 동시에 수호의 시야에 보인 것은 다름 아닌 피 비린내 나는 전장이었다.

콰아앙!!

"끄아아아악!!"

"마수들이 쳐들어왔다!!"

"모두 반격해!!"

"절대 물러서지 마라!!"

눈앞에 펼쳐진 건 살육의 아수라장으로 헌터 실기시험 프로그램 때 봤던 오크들의 전장처럼 이곳에선 인간과 마수들 사이에 생사를 건 혈투가 벌어지고 있었다.

"힐!! 힐!!"

"나 좀 살려줘!!"

"어이, 거기 뭐 하고 있어!!"

"싸워! 싸우라고!! 다들 일어나!!"

이곳은 현대가 아닌 중세유럽을 바탕으로 한 이세계 어딘가.

수호 역시 이곳에서 만큼은 수호가 아니었다.

팔다리가 앙상하고 몸 곳곳에 상처가 있는, 하지만 아직은 검과 방패, 그리고 붕대를 쥘 체력이 남아 있는 생존자들 중 한 명이었다.

그때 누군가 수호에게 외쳤다.

"뭐 해! 사지 멀쩡하면 당장 칼 들고 일어나! 마수들이 쳐들어오고 있다고!"

그는 그리 말하며 검을 들고 앞으로 뛰쳐나갔다.

그리고 방벽 안으로 들어오려는 마수와 처절하게 싸우기 시작했다.

그쯤 수호의 시야에 검 한 자루가 보였다.

마치 검을 쥐고 저들처럼 앞으로 나가라는 것처럼.

“끄아아아악!!”

“내 팔! 내 팔!!”

“살려줘! 제발 누가 날 좀 도와줘!!”

“의사…… 의사……!”

그와 동시에 곳곳에서 비명소리가 들리기 시작했다.

그들의 상처는 더 없이 깊고 심각했으며 어떤 상처는 구역질이 날 만큼 오염되어 있었다.

그와 동시에 수호의 시야에 회복약과 붕대 등이 보였다.

‘이런 식이었구만.’

마치 둘 중에 하나를 선택하라는 듯한 연출.

이외의 선택지는 없다.

물론 도망을 친다거나 하는 다른 선택지도 있기야 하겠지만 수호가 아는 치유사의 1차 특이점에선 이 두 가지 선택지가 전부였다.

‘시스템은 이곳에서의 내 선택을 보고 내 힘의 방향성을 정해 준다 들었다.’

마치 특성을 부여받을 때와 같다.

때가 되면 시스템은 관찰하고 플레이어는 행동으로 자신의 적성과 성향을 증명하는.

수호는 고개를 돌려 주변을 보았다.

마수의 전장.

이곳의 이름이다.

1차 특이점을 겪는 모든 치유사들은 반드시 이곳을 거치게 되어 있다.

말인즉, 그 빌어먹을 성녀 이사벨라 또한 이곳을 거쳤다는 말.

'그리고 이사벨라는 끝까지 붕대를 들고 환자들을 치료하다 죽었다고 했었지.'

그녀가 환자들의 생명을 더 중요시했기 때문에?

절대 아니었다.

그녀는 러시아에서 작정하고 만들어낸 기획 플레이어였다.

강력한 플레이어가 국력이 되는 대격변의 시대에 갈수록 쇠락해가는 나라가 할 수 있는 선택지는 얼마 없었으니까.

그래서 러시아를 비롯한 몇몇 나라는 기획 플레이어를 육성하는 데 총력을 기울였는데 이사벨라는 그 과정에서 탄생한 인류 최고의 치유사였다.

그렇기에 그녀의 선택에는 그녀의 진짜 진심이랄 게 없었다.

오직 진심처럼 보이기 위한 지독한 연기만이 있었을 뿐이지.

'뭐, 그것도 그녀가 KGB 출신이니 가능했던 거지만 말이야.'

시스템을 속이려면 그 무엇보다도 겉으로 드러난 것들

이 가장 중요했다.

시스템은 오직 겉모습만을 보고 판단하니까.

그렇기에 러시아가 심혈을 기울였던 플레이어 육성 프로젝트의 멤버들은 대다수가 군인 출신들이었다.

러시아만큼 자국군에 자기 최면을 강요하는 나라도 많이 없었으니까.

그런 의미에서 이사벨라는 러시아 최고 정보기관인 KGB 요원이었는데 그 때문인지 갑자기 플레이어로 각성돼 프로젝트에 투입됐음에도 불구하고 프로젝트 멤버들 중 가장 발군의 실력을 보였다.

'개개인의 전투력 자체는 스페츠나츠가 더 뛰어날진 몰라도 첩보 활동을 해야 하는 KGB가 연기와 자기최면 쪽에서 만큼은 더 월등한 면을 보이니까.'

그래서 그녀가 마수의 전장 속에서 끝까지 붕대를 들 수 있었던 것이다.

수호는 고개를 들어 주변을 둘러보았다.

한쪽에는 방벽을 뚫고 들어오려는 마수들이 보였고 그 앞에는 녀석들을 몰아내기 위해 무기를 들고 끝까지 싸우는 이들이 보였다.

또 한쪽에는 부상으로 울부짖는 사람들과 어떻게든 그들을 구하기 위해 의약품과 붕대를 감고 있는 사람들이 보였고.

시간이 지날수록 시체는 늘어 산이 될 거고 피는 흘러 강이 될 것이다.

허나 수호는 고민하지 않았다.

이미 치유사가 되기로 한 시점부터 특이점에 대한 계획을 모두 세워두었다.

수호는 근처에 놓인 검을 들었다.

[시스템이 당신의 행동을 주시합니다.]

수호가 검을 잡자 시스템 알림 문구가 떠오른다.

시스템이 보고 있으니 신중하게 행동하란 뜻이었다.

그러나 수호의 선택지는 이미 정해져 있었다.

"제발…… 제발 나 좀 살려줘……!"

수호가 검을 집어 든 순간이었다.

수호로부터 가장 가까이에 있던 환자 하나가 수호의 바짓가랑이를 붙잡으며 살려달라고 애원했다.

그는 마수에 의해 하반신 대부분을 뜯어 먹힌 중증환자였다.

핏물과 고성이 오가는 전쟁터에서, 고작해야 상처약이나 붕대로는 절대로 치료할 수 없는 그런 상처였다.

하지만 그의 삶의 의지는 그 누구보다 절실했다.

수호도 잘 안다.

그래서 검을 든 것이다.

검을 든 수호는 눈앞에서 살려달라는 그 남자를 직접 베었다.

서걱!

그어지는 검선.

그와 동시에 살려 달라 울부짖던 남자의 몸이 매가리 없이 아래로 축 늘어진다.

이후에도 마찬가지였다.

수호는 더 이상 회복불능의 상처를 가진 이들을 하나하나 차례로 베었다.

“무슨 짓이야!!”

“지, 지금 뭐 하는 거야!!”

“이 미친놈아!!”

수호의 돌발행동에 사람들은 발광하기 시작했다.

모두들 붕대와 상처약을 들고 있던 이들이었다.

그들은 자신들이 치료하던 이들이 죽자 미친 사람처럼 눈을 희번덕거리며 수호에게 항의했다.

그러나 수호는 조금도 동요하지 않고 오히려 살기를 띠우며 말했다.

“두 눈 뜨고 똑바로 봐.”

“뭐?”

“눈이 달려 있으면 두 눈 뜨고 똑바로 보라고. 너희가 지금 여기서 무엇을 해야 하는지를.”

“그, 그게 무슨…….”

"똑바로 봐!!"

수호는 치켜든 검 그대로 전장을 가리켰다.

수호의 칼끝이 가리킨 곳에는 다들 각자 무기를 들고 마수에게 대항하는 전우들이 있었다.

"너희가 지금 해야 하는 건 한가로이 앉아 붕대나 감는 게 아냐. 치료 활동이든 구호 활동이든 그건 살아남은 후에나 할 수 있는 거다. 그러니 같잖은 양심 팔며 붕대나 감고 있지 말고 검을 들고 싸워라. 싸우고 이겨서 끝까지 살아남고 그 후에 동료와 가족들을 치료해라."

수호는 그리 말하며 다시 시선을 옮겼다.

그리고 장소를 옮겨 가며 칼 대신 붕대를 쥔 이들로부터 환자를 빼앗았다.

정신을 못 차리는 녀석이 있으면 한 방 먹여서라도 정신을 차리게 했다.

그 결과, 사람들은 발광했다.

하지만 시간이 지나면 지날수록 하나둘 정신을 차리며 무기를 들기 시작했다.

"그, 그래 맞아."

"살아남아야 치료든 뭐든 할 수 있어."

"……미안하다."

"내가 경솔했어."

극적인 변화였다.

그와 동시에 분위기가 급변하기 시작했다.

분명 조금 전까지만 해도 미세하게 밀리던 판세가 치료 활동을 위해 분산되었던 이들의 합류로 마수들을 밀어내기 시작한 것.

물론 모두가 합류한 건 아니었다.

"안 돼!! 안 된다고!!"

"잰 내 형제야! 내 형제라고!!"

"네 가족이었어도 그럴 수 있어? 네 가족이어도 그럴 수 있냐고!!"

거부하는 인원들.

이미 심적으로 커다란 충격을 받아 이성적인 판단이 안 되는 자들이었다.

그런 자들은 내버려두었다.

그런 자들에게서 환자까지 빼앗아 버리면 그들은 오히려 적으로 돌변해 버리기에.

수호는 철저하게 이성적으로 판단했다.

'희생? 그래, 희생 좋지. 치유사의 덕목도 희생이고 미덕도 희생이지. 그 이사벨라가 늘 강조하던 것도 희생이니까. 하지만 아무것도 남기지 못 하는 상황에서 희생이 다 무슨 소용이야?'

희생이란 지켜야 할 것을 지킬 수 있을 때 해야 하는 것이 희생이다.

그렇기에 수호는 검을 들었다.

비정해 보일지언정 환자를 베었다.

치유사의 가장 궁극적인 목적은 사람들을 최대한 많이 살리는 것.

그래서 선택한 것이다.

최선의 결과를 위해서.

이후, 환자 정리를 끝낸 수호는 칼끝을 마수들에게로 겨눠 한참을 싸웠다.

마수를 베고 아군의 발목을 잡는 이들을 베고 적이라 판단되는 것들을 모두 베었다.

그 과정에서 수호의 치유 행위는 조금도 없었다.

시야에 붕대가 보이고 상처약이 보였지만 그 대신 창 한 자루를 더 들어 던지고 칼 한 번을 더 휘둘렀다.

그렇게 동료를 구하고 옆 사람을 지켰다.

그리고 마침내 전장의 마수가 모두 죽었을 때였다.

"이겼어……?"

"우리가 이겼어……?"

"이…… 이겼다……!"

"그래! 우리가 이겼어!"

"이겼다아아!!"

"와아아아아!!"

사람들이 환호하기 시작한다.

마수들이 모두 죽고 싸움이 끝났기 때문이다.

그러나 기뻐하기도 잠시, 사람들은 승리의 기쁨에 도취되는 것 대신 뒤늦게 부랴부랴 환자들을 치료하기 시작했다.

수호도 그제서야 검을 놓고 상처약과 붕대를 들었다.

"내 손! 내 손!"

"끄으으윽!"

"진통제! 진통제를 줘!"

싸움 이후의 풍경은 마냥 해피 엔딩이 아니었다.

살아남은 이들은 또다시 내일을 살아가기 위해 상처를 치료하고 폐허가 된 터를 다시 가꾼다.

얼핏 보면 이들에게서 옛날만큼의 행복은 보이지 않았다.

하지만.

"……고마워."

"네 덕분에 내 여동생을 지킬 수 있었어."

"아깐 미안했다."

놀랍게도 사람들은 하나둘씩 수호에게 찾아와 감사 인사를 전했다.

모두들 수호에게 크든 작든 한 대씩 얻어맞고 정신 차린 녀석들이었다.

수호는 대답 대신 가볍게 웃어 보인 후 치료 활동을 지속해 나갔다.

그래.

이곳에는 마수라는 재앙이 지나간 이후로 옛날만큼의 행복은 느껴지지 않았다.

하지만 그럼에도 불구하고 이들에게는 새로운 희망이 있었다.

"다행이야…… 정말 다행이야……."

"흐흐흑…… 살아남아 줘서 고마워…… 정말 고마워……."

"엄마……."

수호는 묵묵히 그들을 치료했다.

동시에 그들의 희로애락을 느꼈다.

그렇기에 수호는 자신의 선택에 조금의 후회도 없었다.

아니, 잘한 선택이었다고 생각했다.

그렇게 한참이나 치료 활동을 이어 나가던 중이었다.

[시련이 종료됩니다.]

[시스템이 당신에 대한 평가를 마쳤습니다.]

[시스템은 당신을 면밀히 관찰한 끝에 당신에게 어울리는 길을 열어 주기로 결정했습니다.]

갑작스레 나타난 시스템 알림.

그와 동시에 수호의 시야가 다시 어둡게 물들었고 다시 시야가 확보되었을 때, 수호는 자기 집 지하 연습실에서 눈을 뜰 수 있었다.

'끝났군.'

앙상한 팔다리가 아닌 튼튼하기 그지없는 자신의 팔다리가 보인다.

제대로 돌아온 것이다.

그때였다.

[클래스 정보가 변동됩니다.]

[당신에게 새로운 이름이 부여됩니다.]

[당신은 크루세이더가 되었습니다.]

[축하드립니다! 당신은 최초의 크루세이더가 되었습니다.]

[위대한 업적을 달성하여 시스템이 당신에게 보너스 스탯을 10개 선물합니다.]

[클래스 퀘스트를 성공한 것에 대한 대가로 보너스 스탯이 5개 지급됩니다.]

[축복(F)을 터득하셨습니다.]

쏟아지는 시스템 알림들.

시스템의 관찰이 끝났다.

동시에 클래스 퀘스트가 공략되었으며 수호는 치유사에서 '크루세이더'라는 이름의 새로운 클래스로 전직할 수 있었다.

새롭게 변동된 직업명을 본 수호가 속으로 웃었다.

'다행이다. 정말 이렇게 하니 크루세이더가 됐네.'

크루세이더.

이것은 치유사의 길을 걷는 플레이어들 중 오직 극소수만이 얻을 수 있는 아주 희귀한 클래스였다.

보통은 사제 테크를 타는 클레릭이라든가, 사용하는 무기에 따라 팔라딘이나 몽크로 전직이 되는데 간혹 아주 낮은 확률로 크루세이더라는 길이 열리기도 했다.

그래서 수호는 크루세이더를 노렸다.

아니, 처음부터 노렸다.

'치유사가 전직할 수 있는 루트 중 크루세이더만큼 좋은 루트도 없으니까.'

클레릭은 치유사 테크트리 중 가장 강력한 치유 스킬을 얻을 수 있지만 오직 치유와 보조에만 특화되어 있고 전투 능력이 없어 혼자서는 아무것도 할 수가 없다.

팔라딘과 몽크도 마찬가지.

그들은 전투에 특화되어 있는 대신 클레릭의 반에 반도 안 되는 치유력밖에 가지지 못했다.

하지만 크루세이더는 달랐다.

전투면 전투, 치유면 치유, 보조면 보조.

치유사가 가질 수 있는 모든 면에서 평균치 이상의 능력을 보여주는 것이 바로 크루세이더였다.

하지만 이렇게 좋은 테크트리가 있음에도 불구하고 인류는 크루세이더라는 클래스의 덕을 거의 보지 못했다.

왜냐하면 크루세이더의 길은 거의 대격변 중후반부나

되어서야 발견된 루트였기 때문.

'이사벨라도 많이 아쉬워했지. 만약 크루세이더 루트를 진작에 알았더라면 자신도 클레릭이 아닌 크루세이더 루트를 택했을 것이라고 했으니까.'

수호는 인류 최초로 크루세이더가 된 남자를 떠올렸다.

그는 PMC용병 출신의 치유사였는데 그는 치유사임에도 불구하고 수호처럼 전장에서 나서서 싸우길 즐기다 우연찮게 크루세이더 루트를 얻게 되었다.

그래서 이명도 '퍼스트 크루세이더'.

수호는 그에 대해 많이 알고 있었다.

해외에서 이름을 떨치던 그의 명성과는 별개로 크루세이더라는 직업군 자체에 흥미를 가졌었기 때문.

'그리고 그때의 관심이 지금의 밑거름이 될 수 있었고.'

덕분에 이제는 자신이 '퍼스트 크루세이더'가 될 수 있었다.

수호는 획득한 보너스 스탯 15개 전부를 마력에 투자한 후 상태창을 갱신시켰다.

[안수호]

- Lv : 100

- 클래스 : 크루세이더

- 특성▲ : <뉴블러드><헤라클레스 후보>
- 근력(O) : 26
- 체력(O) : 2
- 마력(R) : 85
- 감각(R) : 62
- 보너스 스탯 : 0

클래스 이름이 바뀌고 옆에 붙은 삼각형 표시가 사라졌다.

최초로 크루세이더 루트를 탄 덕에 두둑하게 받은 보너스 스탯으로 마력 스탯도 어느덧 85개가 되었다.

이제 겨우 1성급 플레이어가 됐는데 전생과는 비교도 안 될 만큼 눈부신 성장인 셈.

수호는 이어서 새롭게 획득한 스킬 정보를 확인했다.

[축복]
- 등급 : F

크루세이더 전용 스킬
마력 소모가 이루어지는 동안 모든 스탯을 10% 증가시킨다.

심플한 설명.

그러나 크루세이더 전용 스킬이라는 것 하나만으로도 축복은 자신의 가치를 충분히 설명해 냈다.

'아마 클레릭이 되었다면 더 강한 치유 스킬을 얻었겠지.'

하지만 괜찮다.

얻지 못한 스킬에 대한 아쉬움도 없다.

그도 그럴 게 수호는 오직 클레릭 루트를 타야지만 얻을 수 있는 스킬들에 대한 대비책도 확실하게 마련해 두었으니까.

'클래스 퀘스트는 이만하면 됐고…… 이제 다음은 특성 퀘스트인가?'

수호는 상태창을 다시 열어 특성 옆에 붙은 삼각형 표시를 눌렀다.

[특성 퀘스트가 활성화됩니다.]

[세상에 단 하나뿐인 특성입니다.]

[전용 퀘스트가 활성화됩니다.]

[진화하는 피]

- 난이도 : S

용혈의 세 번째 권능을 해금할 것.

뱀파이어 블러드의 두 번째 권능을 해금할 것.

눈앞에 떠오른 퀘스트창.

퀘스트 내용을 본 수호가 눈을 좁혔다.

"흠……."

퀘스트 내용이 그렇게까지 특이한 건 아니었다.

간혹 이런 식으로 스킬 옵션의 향상을 조건으로 내거는 특성 퀘스트들도 더러 존재했으니까.

하지만 그런 종류는 대부분이 유틸리티 계열…… 그중에서도 제작계가 대부분이었다.

'유일 특성이라 그런 건가?'

현재 상황에서 추측하기론 아무래도 그런 것 같다.

추가 단서를 얻기엔 뉴블러드나 용혈 등 모든 게 다 처음이었으니까.

그래서 난이도도 S.

'근데 내 기억이 맞다면 용혈과 뱀파이어 블러드 둘 다 해금 조건이 알 수 없음이었던 걸로 기억하는데…….'

그리 생각하며 용혈 스킬의 정보를 확인했다.

[용혈]

- 등급 : S+

위대한 용의 핏줄.

용혈을 가진 자는 드래곤으로 태어나지 않았어도 노력

여하에 따라 드래곤이 가진 힘을 누릴 수 있게 된다.

Lv.1 - 드래곤 블러드 : 위압(S), 용의 정신(S).

Lv.2 - 드래곤 아머 : 용인(S), 드래곤 스킨(S).

Lv.3 - [???] : 잠금 상태.

ㄴ 해금 조건

① 100레벨 달성.

② 본 드래곤 처치.

Lv.4……

용혈의 정보를 확인하던 수호의 눈이 커졌다.

분명 일전에는 가려져 있던 3레벨 권능의 해금 조건이 보란 듯이 공개되어 있었기 때문이다.

'그럼 설마 뱀파이어 블러드도?'

혹시나 하는 마음에 뱀파이어 블러드의 정보도 확인했다.

그런데 뱀파이어 블러드 역시 용혈과 마찬가지로 알 수 없음이라 되어 조건이 공개되어 있었다.

두 정보를 확인한 수호가 웃었다.

'이럼 이야기가 달라지지.'

입꼬리를 올린 수호가 바로 휴대폰을 꺼내 최윤에게 전화를 걸었다.

전화를 받은 최윤이 말했다.

- 왜요?

통명스러운 목소리.

그럴 수밖에.

한때는 수호가 자주 연락해 줬으면 싶었지만 요전에 무리하게 게이트 공략을 다니면서 그녀는 수호에게 완전히 질려 버렸다.

그래서 반쯤은 농담 삼아 다신 연락하지 말라고 했는데 며칠도 안 돼서 다시 연락이 왔으니 이런 반응일 수밖에.

그러나 수호는 전혀 아랑곳 않고 말했다.

"게이트 하나만 수배해 주세요."

- 또 게이트예요?

"안 됩니까?"

- 아니, 그건 아닌데…… 하, 제가 왜 이러는지 알잖아요?

"이번엔 하나만 찾아 주시면 됩니다."

- ……정말요?

"예."

- 흠흠, 그런 거라면야, 뭐…… 그래서 이번엔 조건이 뭔데요?

수호는 원하는 조건을 불렀고 조건을 들은 최윤이 고개를 끄덕였다.

- 그런 조건이라면 금방 찾을 수 있을 것 같네요. 근데 정말 조건이 그게 다예요?

"예, 그게 답니다."

- 알겠어요. 빠르면 오늘, 늦으면 내일 점심까지 연락드릴게요.

"알겠습니다. 그리고 혹시 전에 수배를 부탁했던 게이트들 중에 추가로 발견된 게 있습니까?"

- 뭐, 뱀파이어랑 독, 그리고 보름달요?

"예."

- 아직은 없네요. 찾는 대로 연락드려요?

"부탁드리겠습니다."

- 알겠어요. 그것도 포함해서 한번 찾아볼게요.

끝으로 통화가 종료됐다.

수호가 고개를 끄덕이며 휴대폰을 품에 넣었다.

그런 다음 오랜만에 기억의 도서관을 활성화시키며 생각했다.

'게이트는 최윤이 알아서 해 줄 테고, 남은 건 사람 문제인데…….'

이번에 활성화된 특성 퀘스트를 보자마자 수호는 이번 퀘스트에 딱 맞는 공략 방법을 바로 떠올릴 수 있었다.

그래서 최윤에게 도움을 요청한 것.

하지만 이번 퀘스트를 공략하기 위해선 게이트뿐만이 아니라 용도에 맞는 사람도 하나 필요했다.

얼마간 기억의 도서관을 서치하던 수호의 시선이 한 군

데서 멈췄다.

'이 사람은?'

수호의 입가에 미소기 그려진다.

마침 이번 퀘스트 조건과 딱 어울리는 녀석을 찾았다.

수호는 녀석에 대한 인적사항을 정리한 뒤 바로 추적 준비를 시작했다.

*

부웅-

인적이 드문 야산.

그곳에 차 한 대가 들어선다.

수호의 차였다.

추적 준비를 마친 수호가 차를 몰고 간 곳은 다름 아닌 경기도 광주에 위치한 곤지암이었다.

수호는 내비게이션을 보고 움직이던 끝에 지정된 주소에 차를 세웠다.

곤지암에 위치한 신대리.

이 동네는 읍으로 분류돼 있어 사람들의 왕래가 적었지만 아주 오래 전부터 유명한 랜드마크 같은 존재가 하나 있었다.

그것은 바로 곤지암 정신병원.

각종 괴담과 공포영화 소재로도 자주 쓰이던 곤지암 정신병원은 철거된 지는 오래되었지만 그럼에도 사람들이 명소처럼 꾸준하게 찾던 곳 중 하나였다.

하지만 이젠 그런 발걸음조차 찾아보기가 힘들다.

그 이유는 오래 전에 곤지암 일대를 풍비박살 내 버린 대형 게이트의 등장 때문이었다.

'굉장히 많은 사상자를 내고 겨우 공략된 게이트였지.'

어쨌든 공략은 됐다.

하지만 당시에 너무 많은 사상자가 났기 때문일까?

아님 당시에 발생한 게이트 쇼크의 여파 때문이었을까.

사람들은 하나둘씩 이곳을 떠나기 시작하더니 이제 곤지암은 개미 새끼 한 마리 찾기 힘든 곳이 되어 버렸다.

그러나 수호가 찾는 사람은 바로 이곳에 있었다.

더 이상 차량 진입이 힘들어 보이는 곳까지 올라간 수호는 차에서 내려 천천히 산을 오르기 시작했다.

곤지암의 야산은 조용했다.

새소리 하나쯤은 들릴 법도 한데 지역이 지역이라 아직 해가 지지 않았음에도 불구하고 특유의 을씨년스러운 분위기가 산을 지배하고 있었다.

물론 수호는 조금도 신경 쓰지 않았지만.

그렇게 산을 오르길 얼마간.

'찾았다.'

수호는 마침내 야산 속에서 자신이 원하던 것을 찾을 수 잇었다

수호가 찾은 건 다름 아닌 거대한 담벼락이었다.

마치 성북구의 부잣집 동네처럼 높게 쳐진 담벼락은 누가 봐도 사람이 만든 것처럼 보였다.

수호는 담벼락을 따라 쭉 이동했다.

입구를 찾기 위해서였다.

그런데 아무리 봐도 입구가 보이지 않는다.

이정도 돌았는데도 안 보이는 거면 아예 없다고 보는 게 맞을 것이다.

그래서 그냥 담벼락을 넘었다.

담벼락을 넘는 건 별로 어렵지 않았다.

높이가 좀 높긴 했지만 그깟 높이가 대수일까.

닌자처럼 가볍게 벽을 넘은 수호는 그제서야 담벼락 너머에 안착했다.

그때였다.

쿠구구구구……

땅이 미약하게 울리며 흙 부서지는 소리가 들린다.

예민하지 않으면 듣기 힘든 작은 소리였으나 수호에겐 분명히 들렸다.

소리가 난 방향으로 고개를 틀자 수호는 자신의 시선에 닿은 것을 보며 흡족한 웃음을 지었다.

"제대로 찾아왔네."

흙을 부수며 모습을 드러낸 것.

그것들은 다름 아닌 '스켈레톤'이었다.

스켈레톤들을 본 수호가 블러드 웨폰을 사용해 혈검을 손에 쥐며 말했다.

"시야공유로 나 보고 있죠? 이런 것들로는 나 절대 못 막으니까 내가 누군지 알아봤으면 그냥 얌전히 나오세요."

그러나 돌아오는 회신이 없다.

그저 스켈레톤들만 각자의 무기를 들고 수호에게 다가올 뿐.

수호가 혈검을 어깨에 얹으며 고개를 끄덕였다.

그래.

애초에 기대도 안 했다.

이런 곳에 숨어 사는 놈치고 한 번 만에 튀어나오리란 법은 없으니까.

그래서 강제로 끄집어내기로 했다.

말을 마친 수호가 혈검을 허리춤에 붙여 자세를 취했다.

[구름 베기가 발동됩니다.]

서걱!

혈검이 휘둘러지며 붉은 원이 그려진다.

그와 동시에 궤적 안에 들어 있던 모든 존재들이 비스듬하게 갈라지며 깨끗한 단면을 보였다.

[라이징 스켈레톤을 처치하셨습니다.]
[라이징 스켈레톤을 처치하셨습니다.]
[라이징 스켈레톤을 처치하셨습니다.]
[라이징 스켈레톤을 처치하셨습니다.]
……

눈앞에 쏟아지는 알림들.

알림을 본 수호는 덕분에 더더욱 확신할 수 있었다.

자신이 벤 스켈레톤이 보통의 스켈레톤이 아닌 '라이징 스켈레톤'이라는 건, 녀석들은 시스템이 제공한 몬스터가 아닌 플레이어가 소환한 소환수라는 것을 말이다.

'언제까지 버티나 한번 보자.'

수호가 검을 휘두르며 앞으로 나아간다.

*

시간이 얼마나 지났을까?

쾅!

쾅-!

콰앙-!!

담벼락을 넘은 수호는 보이는 족족 일대를 죄다 뒤집어 버렸다.

그 과정에서 수백에 달하는 스켈레톤들을 베었으며 수

백여 개에 달하는 함정들을 처리했다.

하지만 그럼에도 불구하고 스켈레톤의 주인은 끝끝내 모습을 드러내지 않았다.

'아, 진짜 귀찮게 하네.'

보통 이정도 난리를 쳤으면 화가 나서라도 모습을 드러내는 것이 정상이다.

하지만 스켈레톤들의 주인은 끝끝내 모습을 드러내지 않았다.

그렇게 한참을 진격하던 끝에 수호는 마침내 담벼락이 지키고 있던 것을 발견할 수 있었다.

저택.

아니, 대저택이라 하는 것이 맞겠지.

한참의 진격 끝에 발견한 것은 다름 아닌 곤지암 야산과는 어울리지 않는 커다란 대저택이었다.

"누가 히키코모리 아니랄까봐……."

수호가 고개를 저으며 대저택의 정원에 발을 들이자 정원 곳곳에 숨겨져 있던 스켈레톤들이 모습을 드러내기 시작했다.

"하, 가지가지한다. 진짜."

그 모습을 본 수호가 한숨을 내쉬며 검을 휘둘렀다.

[라이징 스켈레톤을 처치하셨습니다.]

[라이징 스켈레톤을 처치하셨습니다.]

[라이징 스켈레톤을 처치하셨습니다.]

[라이징 스켈레톤을 처치하셨습니다.]

……

그 어떤 스켈레톤도 수호를 막을 순 없었다.

그렇기에 수호는 깔끔하게 스켈레톤들을 베어 넘긴 후 제 키보다도 훨씬 커다란 저택의 문을 열었다.

불 꺼진 저택 내부는 오래된 흉가의 그것처럼 조용하고 스산했으며 어두컴컴했다.

하지만 수호에게 어둠은 그다지 큰 제약이 되지 않는다.

[오리지널 뱀피르 효과에 의해 어둠의 제한 효과를 받지 않습니다.]

스킬 효과에 의해 시야가 대낮처럼 밝아지자 수호는 스킬 하나를 추가로 발동시켰다.

[마력감지가 발동됩니다.]

스킬을 사용해 기감을 활성화시키자 저택 곳곳에 숨겨져 있는 스켈레톤과 함정들이 보인다.

그것을 본 수호가 쯧 혀를 찼다.

어지간히도 성가시게 해 놨다는 생각이 들어서였다.

'참자. 현재로써 아쉬운 건 나니까.'

그 대신 속도를 조금 높이기로 했다.

이러나저러나 어차피 안 나올 놈.

차라리 내가 직접 끄집어내는 게 더 빠를 테니까.

그때부터 수호는 속도를 높여 집 안 곳곳에 위치한 모든 마력감지 대상들을 찾아내기 시작했다.

그게 스켈레톤이라면 베었고 함정이라면 부쉈다.

그렇게 1층부터 시작해 지하를 거쳐 저택 2층을 거의 뒤져 갈 때쯤이었다.

'이제 저기뿐이군.'

이제 남은 방은 단 하나.

2층에서 가장 구석진 곳에 위치한 그곳은 저택 입구와 가장 멀리 떨어져 있는 곳이기도 했다.

수호는 망설임 없이 그곳으로 다가가 문을 열었다.

그곳은 서재였다.

작은 도서관을 연상케 할 정도로 책이 많은 그곳의 가장 안쪽에는 여태 감지한 것들 중 가장 강렬한 마력이 웅크리고 있었다.

저게 아마 저택의 주인이겠지.

수호는 눈살을 좁혀 웅크리고 있는 것의 높이를 가늠했다.

그런 다음 조금도 망설이지 않고 검을 휘둘렀다.

서걱!

벤 것은 방 안의 책장들.

그러자.

쿠구구구구- 쾅!

비스듬하게 벤 책장들이 쓰러지며 자욱한 흙먼지를 만

들어 냈다.

수호가 검풍으로 먼지를 몰아낸다.

방안은 여전히 어둡다.

저택의 주인은 여전히 어둠을 장막 삼아 웅크려 있었지만 어둠의 제한 효과를 받지 않는 수호에겐 그런 모습조차도 모두 보였다.

수호가 적당히 거리를 벌린 채 말했다.

"공다원 씨, 거기 웅크려 계신 거 여기서 다 보입니다. 가까이 다가가지 않을 테니 잠시 저랑 이야기 좀 하시죠."

공다원.

그가 바로 수호가 특성 퀘스트를 위해 곤지암까지 찾아온 이유였다.

그는 레벨 100이 넘는 1성급 네크로맨서 플레이어로 수호의 특성 퀘스트 중 용혈의 해금 조건을 위해 반드시 필요한 인물이었다.

"……."

그러나 수호의 물음에도 돌아오는 대답이 없다.

수호가 재차 물었다.

"공다원 씨?"

"시, 싫어……."

"예?"

"시, 싫어!!"

갑자기 소리를 꽥 지르는 공다원.

그와 동시에.

[공다원 플레이어가 네크로 필드를 사용합니다.]

쿠구구구구구!!

공다원이 네크로 필드를 발동시켰다.

네크로 필드는 광범위 영역스킬 중에 하나로 시전자의 마력이 뒷받침되는 한 술사가 설정한 지역 내에서 끊임없이 언데드들을 일으키는 무시무시한 스킬이었다.

그 결과.

덜덜덜덜덜……

키기기기기기……

서재 안에 숨겨 놓은 해골병사들이 자신의 주인을 위해 장병기를 들고 일어나기 시작했다.

그것을 본 수호가 조용히 이마를 짚었다.

"하, 미치겠네, 진짜……."

이래서 네크로맨서들이 귀찮은 것이다.

그렇기에 수호는 이제 그만 마음을 접기로 했다.

이만큼 신사답게 굴었으면 됐다.

거절한 건 네 쪽이지.

"난 충분히 기회를 줬어."

결심을 마친 수호가 혈검을 크게 휘둘렀다.

[구름 베기가 발동됩니다.]

서걱- 파가가가가각!

구름 베기 한번.

그 한 번에 소환된 언데드들이 일순 도륙됐다.

그리고.

"커헉!"

공다원 역시 구름 베기에 베여졌으며 피를 흘리며 앞으로 고꾸라졌다.

[네크로 필드가 해제됩니다.]

네크로 필드의 해제.

상황이 종료됐다.

물론 죽이지는 않았다.

일부러 힘 조절을 했으니까.

수호가 바닥에 쓰러져 꿈틀거리는 공다원에게로 다가간다.

"으으으...... 끄흐으......"

칼에 베인 공다원이 바닥에 웅크려 고통에 신음한다.

수호는 얼마간 그 광경을 지켜보았다.

그의 상처를 보는 것이다.

"엄살은...... 별로 베이지도 않았구만."

정말이었다.

내가 얼마나 세밀하게 힘 조절을 했는데?

하지만 공다원은 금방이라도 죽을 것처럼 숨을 헐떡거

렸고 수호는 그런 공다원에게 스킬 하나를 사용했다.

[힐이 발동됩니다.]

화악!

힐을 사용하자 환한 빛무리가 공다원을 감싼다.

동시에 체력과 상처를 치유시키기 시작했다.

수호가 힐을 사용하며 말했다.

"별로 깊게 베이지도 않았으니까 오버 좀 그만하세요."

"으흐흑…… 나, 나한테…… 대, 대체 왜, 왜 이러시는 건데요……."

"그건 공다원 씨가 더 잘 알지 않습니까?"

"나, 난 몰라요……! 나, 난 정말 아무것도 모른다고 요……!"

상처가 치유됐음에도 잔뜩 웅크린 채 벌벌 떠는 공다원.

수호는 그런 공다원을 착잡한 눈빛으로 내려다보았다.

그의 이름 공다원.

그는 레벨만 100이 넘는 1성급 네크로맨서 플레이어인 데다 훗날 '곤지암 군주', 혹은 '곤지암 네크로맨서'로 유명해지는 사람이었다.

허나 그런 별명보다도 더 어울리는 별명이 있었으니 그것은 바로 '피해망상 네크로맨서'.

수호는 기억의 도서관에서 본 공다원에 대한 정보들을 떠올렸다.

'원래는 멀쩡한 사람이었는데 게이트 안에서 머리를 크게 다쳐 이렇게 됐다고 했지.'

정말이었다.

전투 중에 후두부를 잘못 맞아 머리가 이상하게 됐다고 들었는데 막상 실제로 보니 그 정도가 심각했다.

'안타깝네. 정신병은 현재의 나로서도 못 고치는 병인데.'

기록에 따르면 그는 심각한 망상장애를 앓는 중이라고 했다.

예컨대 세상 사람들 모두가 자신을 해하려 든다고 생각하는.

그래서 없던 겁이 많아진 것이고 이렇게 아무도 없는 곤지암으로 들어와 자신의 능력을 활용해 요새를 만들어 숨어 살고 있었던 것.

물론 여기까지만 놓고 보면 별로 큰 문제는 없다.

그는 보통 사람의 관점에서 봤을 때 부상으로 은퇴한 수많은 헌터 중 하나일 뿐이며 또한 현대 사회에선 비교적 보기 흔한, 정신이 조금 아픈 사람에 불과했으니까.

다만 문제가 되는 것이 있다면 그가 사용하고 있는 능력에 있었다.

'소환형 언데드라면 몰라도 실제 시체를 활용하는 스킬인 '라이징 시리즈'는 현재 우리나라에선 금지하고 있는 스킬들 중에 하나지.'

라이징 시리즈.

술사의 마력으로 마계의 언데드를 데려와서 소환해 쓰는 게 아니라 실제 시체로 스켈레톤과 좀비로 만들어 쓰는 스킬인 라이징 시리즈는 현재 우리나라 현행법상 금지되고 있는 기술이었다.

물론 게이트 안에서 적과 싸우기 위해 사용하는 것은 상관없다.

게이트 안은 전시 상황으로 판단돼 웬만한 것들은 다 허가가 되니까.

하지만 게이트 안이 아닌 바깥에선 절대로 사용해선 안 됐다.

실제 시체의 사용은 인간의 존엄성을 해친다는 게 그 이유였다.

'곤지암…… 옛날에 터진 대형 게이트 때문에 수습 못한 시체가 굉장히 많다고 들었다.'

공다원이 하고 많은 지역 중에 하필이면 곤지암으로 온 건 우연이었을까?

그런 건 아무렴 상관없다.

중요한 건 그가 게이트 내부가 아닌 바깥에서 자신의 능력을 활용해 신원미상의 시체들을 자신의 수족으로 활용하고 있다는 게 문제지.

물론 수호가 공다원을 찾은 이유는 그에게 죄를 묻기 위해서가 아니었다.

수호가 온 건 순전히 자신의 특성 퀘스트 때문이었으니까.

수호가 말했다.

"공다원 씨, 혹시 지금 데리고 있는 언데드들 중에 '본 드래곤'이 있습니까?"

"보, 본 드래곤요?"

"예, 본 드래곤이요."

"어, 없어요…… 그런 엄청난 건……."

"그럼 마수형 스켈레톤은 있죠?"

"마, 마수형이라면…… 이, 있습니다."

"좀 보여 주세요."

"왜, 왜요?"

"안 그럼 제가 공다원 씨를 죽일 거니까."

"아, 아……!"

정신병자를 다루는 건 얼핏 보면 어려운 일처럼 보인다.

하지만 수많은 정신병 중 망상장애를 가진 공다원을 다루는 건 생각보다 쉬운 일이었다.

애초에 누군가 자신을 해할 거라 생각해 곤지암 야산에 들어와 요새를 짓고 사는 건데 압도적인 실력 차를 가진 죽이겠다고 협박하면 살고 싶어서라도 그의 말을 들을 수밖에 없을 테니까.

수호의 점잖은 겁박에 공다원이 덜덜 떨며 자신의 아공

간에 담아 둔 마수형 스켈레톤들을 꺼내기 시작했다.

"흠."

마수형 스켈레톤들.

종류가 많다.

늑대부터 시작해 호랑이나 코끼리까지.

어디 곤지암 동물원이라도 털어 온 모양.

수호가 고개를 끄덕이며 말했다.

"데리고 있는 스켈레톤들 중에 제일 통제가 까다로운 게 뭡니까?"

"저, 저거요……."

수호의 물음에 공다원이 손가락을 들어 스켈레톤 하나를 가리킨다.

그것은 코끼리와 비슷한 크기를 가졌는데 수호는 그것을 보자마자 원형이 무엇이었는지 대번에 알 수 있었다.

"트롤이네요?"

"네, 네……."

트롤 스켈레톤을 본 수호가 만족스러움에 고개를 끄덕였다.

저 정도면 충분했기 때문.

수호가 말했다.

"공다원 씨."

"네, 네?"

"일단 좀 주무시는 게 나을 것 같습니다."

수호는 그의 뒷목을 쳐 기절시켰다.

그러자 술자의 기절로 그가 사용하고 있던 스킬들이 모두 캔슬되었으며 형체를 이루고 있던 스켈레톤들도 역시 다시 원래의 유골 상태로 되돌아갔다.

수호는 기절한 공다원을 내버려둔 채 커튼으로 가려져 있는 창문 쪽으로 향했다.

그런 다음 창문을 활짝 열어 창문 바깥으로 보이는 야산 일대를 보았다.

"흠."

잠시 고민하던 수호가 어디론가 전화를 건다.

*

"으음……."

얼마나 가절해 있었을까?

공다원은 차츰 정신을 차리기 시작했다.

그런데 정신을 차리자마자 자신을 공격했던 수호의 얼굴이 떠올랐다.

"아, 안 돼!!"

수호의 얼굴을 떠올린 공다원은 호흡이 가빠지고 혈압이 올라가기 시작했다.

수호가 자신을 죽일 거라는 생각의 연쇄가 순식간에 이루어져 극심한 스트레스를 유발했기 때문이다.

그런데 그 순간.

"……어?"

마치 풍선에서 바람이 빠지듯, 자신의 불안함이 순식간에 사그라들었다.

동시에 머리도 맑아졌다.

한번도 해보지 못 한 기이한 경험.

마치 정신과 약이라도 먹은 것처럼 순식간에 차분해진 자신의 기분에 공다원은 눈을 동그랗게 뜨고 의아함을 표했다.

"무, 뭐지? 어, 어떻게……?"

"이제 진정이 좀 됐습니까?"

"예, 예?"

소리가 들린 방향으로 고개를 틀자 그곳에는 수호가 있었다.

수호를 본 공다원은 또 다시 불안장애 특유의 생각 연쇄가 발동되어 호흡이 가빠지고 혈압이 치솟기 시작했다.

그 모습을 본 수호가 아이템 하나를 사용했다.

[희로애락의 반지가 대상의 가장 강렬한 감정에 반응합니다.]

[흡수할 수 있는 감정은 '블랙'입니다.]

[대상으로부터 감정을 흡수합니다.]

사용한 아이템은 희로애락의 반지.

수호는 그가 발작을 일으키려고 하자마자 바로 희로애락의 반지를 사용해 부정적인 에너지인 블랙을 모조리 추출해 버렸다.

'확실히 정신병은 정신병이구나. 바로 좀 전에 최상급 블랙을 추출했는데 또 다시 이만큼의 최상급 블랙이 차다니.'

희로애락의 반지가 있어서 참 다행이었다.

만약 희로애락의 반지가 없었다면 그가 발작을 일으켰을 때 수호가 할 수 있는 건 고작해야 뒷목을 쳐 기절시키는 게 전부였을 테니까.

수호가 그와 눈을 맞추며 말했다.

"어떻게, 이젠 진정이 좀 되세요?"

"네, 네……! 그, 근데 어, 어떻게……? 이상하게 기분이 갑자기 편해요……."

"제가 잠시 손을 써서 그런 겁니다. 그보다 제가 공다원 씨한테 개인적으로 부탁드릴 것이 하나 있는데 한번 들어보시겠습니까?"

"부탁……이요?"

"예, 제가 사정상 본 드래곤을 처치해야 되거든요. 그래서 말인데, 공다원 씨가 본 드래곤을 좀 만들어 주셨으면 좋겠습니다."

"……네?"

농담이 아니었다.

진심이었다.

그도 그럴 게 수호가 처리해야 되는 특성 퀘스트 중 1번 조건인 용혈의 세 번째 권능 해금의 조건 중에 하나가 바로 '본 드래곤 처치'였으니까.

'근데 현실적으로 지금 내가 어떻게 본 드래곤을 만날 수 있겠어?'

본 드래곤.

살면서 딱 한번 보긴 했다.

하지만 녀석의 레벨은 수백 대에 이르렀고 심지어 녀석을 본 것도 대격변 후반부에서였다.

그런데 지금 그런 놈을 잡으라고?

절대 아니었다.

'시스템은 플레이어가 못 할 퀘스트는 주지 않거든.'

시스템이란 놈은 굉장히 악랄해 보이지만 실상은 교묘하게 공정하여 플레이어가 어떻게든 해낼 수 있는 시련만을 준다.

그러니 이번 공략 조건은 조건을 어떻게 해석하냐에 따라 공략 난이도가 많이 달라질 것이다.

'그리고 난 시스템의 의도가 무엇인지 알고 있다.'

공다원이 황당하다는 듯 말했다.

"아, 아니 제가 본 드래곤을 어, 어떻게 만들어요?"

"왜 못 만들어요? 공다원 씨는 할 수 있습니다. 공다원 씨는 무려 네크로맨서 플레이어잖아요."

"아, 아니 그, 그게 무슨…… 모, 못해요! 네크로맨서 세계랭킹 1위인 다니엘도 아직 본 드래곤을 만들기는커녕 구경도 못 해 봤다고 하는데 제, 제가 어떻게 본 드래곤을 만들어요?"

"1성급 플레이어잖아요. 그리고 트롤 스켈레톤도 통제가 가능하면 충분히 하실 수 있습니다."

"아, 아니 그러니까 어떻게요?"

"진짜 용이 아니라 용의 아류종을 활용하면 되죠."

"네, 네?"

"주변을 한번 보시겠어요?"

수호의 말에 공다원은 그제서야 고개를 들어 주변을 살폈다.

그리고는 자기도 모르게 두 눈을 휘둥그레 키웠다.

"어, 어, 어?"

"저것들이 뭔지 알아보시겠어요?"

"드, 드, 드, 드레이크 아니에요? 아, 아니 드레이크를 어, 어떻게? 시, 심지어 하, 한두 마리도 아닌데?!"

공다원이 놀란 이유.

그가 말한 그대로였다.

그의 주변에는 수호가 직접 잡아 죽인 드레이크의 시체들이 가득 했다.

암시장에서 사 온 게 아니다.

현재 수호와 공다원이 있는 곳은 게이트 안.

그것도 최윤이 구해다 준 게이트의 내부였다.

수호는 아공간 하우스에 공다원을 집어넣어 함께 최윤이 구해다 준 드레이크 게이트에 입장했다.

그리고 그가 깨어나기 전, 게이트 내부를 공략 직전까지 정리한 후 그를 위한 최선의 제작 환경을 만들어 주었다.

수호가 말했다.

"놀랄 거 없습니다. 공다원 씨는 트롤 스켈레톤도 만들어 보셨기 때문에 본 드레이크 정도는 충분히 만드실 수 있습니다."

"아, 아, 아니. 근데 그건 본 드레이크이지 보, 본 드래곤은 아니잖아요?"

"그쵸, 본 드래곤은 아니죠. 하지만 공다원 씨가 가진 '뼈의 재구성'과 '종의 진화' 스킬을 사용하시면 진짜까진 아니어도 본 드래곤 흉내 정도는 낼 수 있게 되겠죠. 전 그 정도면 충분합니다."

"그, 그게 가능하다고요?"

"직접 해 보시면 압니다. 결과는 제가 보장하겠습니다."

"그, 그게 무슨…… 다, 당신 솔직하게 말해! 이런 식으로 날 괴롭혀서 죽이려고 그러는 거지!"

말도 안 되는 요구에 갑자기 발작하는 공다원.

그러나 수호는 당황하지 않고 반지를 사용했다.

[희로애락의 반지가 대상의 가장 강렬한 감정에 반응합니다.]

[흡수할 수 있는 감정은 '블랙'입니다.]

[대상으로부터 감정을 흡수합니다.]

그러자 공다원이 거짓말처럼 침착해졌다.

수호가 반지를 만지며 물었다.

"할 수 있죠?"

"해, 해 볼게요."

"좋아, 그럼 함께 힘내 봅시다."

수호가 공다원의 어깨를 토닥이며 자상하게 웃는다.

"모, 못 하겠어요……."

"할 수 있어요."

"왜, 왜, 다, 당신이 멋대로 판단해요! 당신 나 과로사시켜서 죽이려는 거지! 그렇지?!"

[희로애락의 반지가 대상의 가장 강렬한 감정에 반응합니다.]

[흡수할 수 있는 감정은 '블랙'입니다.]

[대상으로부터 감정을 흡수합니다.]

"할 수 있어요."

"네……."

공다원이 본 드래곤을 만드는 동안 수호가 한 일은 간단했다.

바로 희로애락의 반지를 사용해 그를 통제하는 것.

현재 상황에서 수호가 할 수 있는 건 이것이 전부였기에 어쩔 수가 없었다.

"너, 너무 힘들어요."

"아뇨, 좀 더 힘내실 수 있습니다."

"아, 아니에요. 모, 못 해요. 주, 죽을 것 같아요."

[힐이 발동됩니다.]

[리커버리가 발동됩니다.]

[축복이 발동됩니다.]

"이제 됐죠?"

"흐어어어! 이, 이런 게 어딨어요! 다, 당신 나 과로사시키려는 거지!"

"설마요."

[희로애락의 반지가 대상의 가장 강렬한 감정에 반응합니다.]

[흡수할 수 있는 감정은 '블랙'입니다.]

[대상으로부터 감정을 흡수합니다.]

"흐어어어."

공다원은 유능한 네크로맨서 플레이어였다.

다만 유능한 것과는 별개로 정신병으로 인한 심각한 유리멘탈이었으므로 곁에 붙어 끊임없이 케어가 필요했다.

하지만 본 드래곤을 확보할 수만 있다면 그깟 케어, 수백 번도 가능했다.

수호는 그가 마력이 바닥나지 않게 끊임없이 마력 포션을 조달했고 그렇게 한참의 십수 마리의 드레이크 사체가 소모되었을 때쯤.

[공다원 플레이어가 본 드레이크 제작에 성공하였습니다.]

공다원은 마침내 본 드레이크의 제작에 성공하는 기염을 토해낼 수 있었다.

- 기기긱…… 기기긱……

기기긱 소리를 내며 움직이는 본 드레이크.

여기까지 오는데 참 오랜 시간이 걸렸다.

수호가 진심으로 축하하며 말했다.

"거봐요. 제가 해낼 거라고 했죠?"

"그, 그러네요……."

"본 드레이크를 직접 만드는 데 성공했으니 이후엔 더 쉽겠어요. 그쵸?"

"그, 그쵸?"

"그럼 조금만 쉬었다가 바로 시작하죠. 식사 뭐 하실래요?"

"아, 아무거나 주세요……."

"네, 알겠습니다."

수호가 밖에서 사온 도시락과 물을 그에게 건네며 웃었다.

일 진행이 참 순조롭다.

이대로 가면 금방 본 드래곤을 만들 수 있을 것 같다는 생각이 들었다.

'그 다니엘이 말했던 방법이니 확실하겠지.'

본 드레이크로 본 드래곤을 만드는 방법.

그건 공다원도 알고 있는 세계 네크로맨서 플레이어 1위의 다니엘 헌터가 직접 말해준 방법이었으니까.

"다른 언데드는 몰라도 스켈레톤 시리즈만큼은 뼈의 재구성과 종의 진화로 종족 업그레이드가 가능해. 예컨대 와이번으로도 드래곤을 만들 수 있다는 이야기지."

"근데 넌 왜 본 드래곤을 만들지 않지?"

"그건 짭이지 진짜가 아니잖아. 난 어렸을 때도 짝퉁은 안 입었어."

"겨우 그런 이유냐?"

"중요해. 짭은 짭일 뿐, 아무리 그럴듯해 보여도 절대 오리지널을 이길 수 없으니까."

그래서 그 이론을 그대로 가져다가 공다원에게 접목시켰다.

그러니 실험 자체는 실패할 거라고 생각하지 않는다.

다른 사람도 아니고 무려 그 다니엘이 알려준 방법이었으니까.

이윽고 도시락을 모두 먹은 공다원이 빈 도시락을 반납하며 말했다.

"저, 저 근데요……."

"네?"

"제, 제가 여기 있는 건 어떻게 아셨어요?"

"비밀입니다."

"네, 네?"

"질문은 그게 전부인가요?"

"그, 그럼 하나만 더요!"

"뭔데요?"

"왜, 왜 하필 날 찾아온 건가요? 다른 네크로맨서들도 있었을 텐데."

왜 하필 당신이었냐고?

솔직하게 말하면 상처받을 텐데.

당신이 제일 다루기 쉬웠으니까.

본 드래곤을 제작하기 위해선 최소 1성급 네크로맨서가 필요했는데 현시점에서 대한민국에는 그만한 네크로맨서들이 거의 없다.

'있다 하더라도 대형 길드 소속이고.'

그런 사람들에게 무슨 수로 비밀리에 접촉해 이런 부탁

을 할까?

'설령 부탁에 성공해도 차후가 귀찮아지겠지.'

그렇기에 공다원을 택한 것이다.

어디에도 소속되어 있지 않고 뒷걱정 안 해도 되는.

수호가 대답했다.

"그냥 내가 아는 네크로맨서 중에선 당신이 제일 유능해서요."

"내, 내, 내가요?"

"예, 그럼 이제 다 쉬셨으면 바로 다음 작업 시작하시죠. 본 드레이크를 직접 제작하는데 성공했으니 이제 라이즈 본 드레이크의 사용이 가능하죠?"

"그, 그렇긴 한데…… 알겠어요."

진짜 사체로부터 스켈레톤을 뽑아내는 라이즈 스켈레톤을 사용하려면 우선 일으키려는 스켈레톤을 최소 1회는 직접 완성시켜 본 경험이 필요하다.

그래서 공다원이 여지껏 드레이크 뼈다귀를 맞추고 있었던 것.

수호는 구해 온 포션으로 공다원의 마력을 가득 채워준 후 라이즈 본 드레이크를 시연시켰다.

[공다원 플레이어가 라이즈 본 드레이크를 사용합니다.]

쿠구구구!

라이즈 본 드레이크가 사용된 순간, 사방에 널려 있는 드레이크 사체로부터 본 드레이크들이 일어나기 시작한다.

동시에 공다원의 마력이 쭉쭉 닳았으나 수호는 타이밍에 맞춰 공다원에게 마력을 급여해 주었다.

"버텨요."

"크으윽! 히, 힘들어요!"

"할 수 있어요."

"다, 당신 나 마력 소모 많이 하게 해서 나 죽이려고 그러는 거지?!"

[희로애락의 반지가 대상의 가장 강렬한 감정에 반응합니다.]

[흡수할 수 있는 감정은 '블랙'입니다.]

[대상으로부터 감정을 흡수합니다.]

"할 수 있죠?"

"크으윽! 해, 해, 해 볼게요!"

참 다루기 쉽다.

이러니 공다원을 찾아온 것이지.

이윽고 십수 기가 넘는 본 드레이크들이 일어났고 커다란 본 드레이크들을 본 수호가 만족스런 표정으로 말했다.

"이제 또 시작해 봅시다. 본 드레이크로 본 드래곤을 만들려면 최소한 본 메가 드레이크가 두 마리는 있어야 해요. 그리고 우리한테는……"

수호가 한쪽 구석에 누워 있는 다른 드레이크들과는 비

교도 안 될 만큼 커다란 드레이크 한 마리를 가리켰다.

이곳 드레이크 게이트의 보스였던 메가 드레이크였다.

"이미 한 마리의 메가 드레이크가 준비되어 있으니 나머지 한 마리만 잘 한번 만들어 봅시다."

"네, 네……."

"그럼 시작해 보자고요."

"그, 근데 이거 다 만들고 저 어, 어떻게 하시는 거 아니죠?"

[희로애락의 반지가 대상의 가장 강렬한 감정에 반응합니다.]

[흡수할 수 있는 감정은 '블랙'입니다.]

[대상으로부터 감정을 흡수합니다.]

"설마요."

"여, 열심히 하겠습니다!"

공다원이 열심히 메가 드레이크를 제작하기 시작한다.

*

그렇게 얼마나 시간이 지났을까?

[공다원 플레이어가 뼈의 재구성을 사용합니다.]

[본 드레이크가 재구성 상태로 변화합니다.]

[공다원 플레이어가 종의 진화를 사용합니다.]

[드레이크의 뼈가 진화를 시작합니다.]

벌써 몇 번째 시도였을까?

종의 진화는 무기로 따지면 무기 강화에 가깝다.

그리고 대부분의 강화에는 실패가 존재한다.

수호는 실패의 여파로 뼛가루가 된 본 드레이크의 흔적들을 보며 이번에는 부디 성공하길 기도했다.

이윽고 스킬 사용과 동시에 드레이크의 뼈들이 빛나는 순간.

[드레이크의 뼈가 진화에 성공하였습니다.]

[드레이크의 뼈가 메가 드레이크의 뼈가 되었습니다.]

"돼, 돼, 돼 됐다!"

알림을 본 공다원이 흥분하며 손을 바르르 떤다.

드디어 성공한 것이다.

수호가 침착하게 말했다.

"조립, 빨리 조립해 봐요."

"예, 예!"

겨우 손에 넣은 메가 드레이크의 뼈다.

수호의 종용에 공다원은 침착하게 뼈를 재조립하기 시작했고 마침내 마지막 뼈가 조립된 순간.

[뼈를 재구성하시는데 성공하셨습니다.]

[본 메가 드레이크가 제작됩니다.]

화아악!

스킬 성공 알림과 함께 빛이 내뿜어지며 두 사람 앞에 거대한 본 메가 드레이크가 모습을 드러냈다.

늠름하기 그지없는 위용.

수호가 웃으며 말했다.

"거봐요, 하면 된다고 했죠?"

"그, 그, 그러게요."

"본 메가 드레이크도 만드는데 성공했으니 이제 라이즈 본 메가 드레이크도 생겼죠? 한번 일으켜 보세요."

"예, 예! 알겠습니다!"

공다원은 즉시 보스 몬스터였던 메가 드레이크에게 라이즈 스켈레톤을 사용했다.

그러자.

[라이즈 본 메가 드레이크가 발동됩니다.]

공다원의 의지에 따라 자리에서 일어나기 시작하는 본 메가 드레이크.

이로써 본 드래곤을 위한 최소한의 준비가 마련된 것이다.

두 마리의 본 메가 드레이크를 본 공다원이 말했다.

"저, 그, 근데요."

"네?"

"본 메가 드레이크를 만들기 위해선 본 드레이크의 뼈를 두 마리씩 사용하셨잖아요."

"그죠?"

"근데 몇 번이나 실패한 끝에 겨우 한 마리 만드는데 성공했는데 만약 이번에도 제작에 실패하면 어, 어떡해요?"

좋은 지적이다.

그도 그럴 게 공다원은 한 마리의 메가 드레이크를 만들기 위해 게이트 안에 존재하는 대부분의 드레이크의 뼈를 갖다 썼으니까.

그리고 수호도 이 부분에 대해선 진작에 인지하고 있었다.

그래서 미리 준비를 해왔다.

"이걸 쓰시면 됩니다."

"이, 이게 뭔가요?"

"스킬 포션이요."

"스, 스킬 포션이요?"

"예, 성공 확률을 75%까지 올려주는 스킬 포션입니다."

스킬 포션에는 여러 종류가 있다.

스킬이 가진 옵션 값 자체를 올려주거나 스킬 사용에 따른 디메리트를 제거해 주는 등의 포션이.

수호는 그중에서도 스킬 사용의 성공률을 올려주는 포션을 가지고 온 것.

'현재 인류가 가진 기술력으로는 80%가 한계지.'

그렇기에 아직은 80%를 구할 수 없다.

그 정도 성공률을 뽑아내는 약제사는 해외에 있으니까.

그래서 근접한 수준인 75%를 구해왔다.

‘이마저도 비싼 값을 주고 구해왔지만.’

하지만 아깝다고는 전혀 생각하지 않는다.

이건 미래를 위한 투자일 뿐.

수호가 포션을 내밀며 말했다.

“100% 장담할 순 없지만 75%면 해볼 만한 도박이라고 생각합니다. 두 병을 준비했으니 한 병은 종의 진화에, 나머지 한 병은 뼈의 재구성에 사용해 주세요.”

“저, 정말 피, 필사적이시네요.”

“당연히 필사적이죠.”

“마, 만약 실패하면요?”

“만약 실패하면…….”

수호가 시선을 옮겨 수많은 드레이크 뼛가루를 보며 말했다.

“될 때까지 다시 처음부터 하는 겁니다.”

“네, 네?!”

“진심입니다. 그러니 꼭 성공해 주세요.”

진심이었다.

하지만 그 진심이 공다원에겐 협박처럼 들리는 건 왜일까?

공다원은 마른침을 꼴깍 삼킨 후 스킬 포션을 마셨다.

그러자 포션 효과가 발동됐다는 알림이 떴고 공다원은 뼈의 재구성을 사용했다.

[공다원 플레이어가 뼈의 재구성을 사용합니다.]

[본 메가 드레이크가 재구성 상태로 변화합니다.]

[공다원 플레이어가 종의 진화를 사용합니다.]

[메가 드레이크의 뼈가 진화를 시작합니다.]

스킬 사용과 동시에 메가 드레이크의 뼈가 빛나기 시작한다.

제발!

두 사람은 간절한 마음으로 기도했다.

그리고.

[메가 드레이크의 뼈가 진화에 성공하였습니다.]

[메가 드레이크의 뼈가 쿼터 드래곤의 뼈가 되었습니다.]

"……!!"

"돼, 됐다!"

두 사람은 마침내 본 드래곤의 뼈를 손에 넣는 데 성공할 수 있었다.

Chapter 3

“됐다!! 됐어!!”

메가 드레이크 두 마리분의 뼈가 합성되며 하나의 새로운 뼈가 탄생되었다.

그 이름은 본 쿼터 드래곤.

알림을 본 수호는 웃었다.

‘정말 다니엘의 말대로군.’

쿼터 드래곤은 드래곤의 피가 4분의 1밖에 없는 쿼터 블러드의 드래곤을 말했다.

그리고 시스템은 최소 쿼터 블러드부터 오리지널의 일부로 인정했기에 새롭게 진화한 뼈의 이름이 드레이크가 아닌 드래곤으로 명명된 것.

수호가 말했다.

“바로 제작해요.”

"네, 아, 알겠습니다."

수호의 요청에 공다원은 스킬 포션을 섭취한 후 바로 다음 스킬을 사용했다.

그리고.

[뼈를 재구성하시는데 성공하셨습니다.]

[본 쿼터 드래곤이 제작됩니다.]

그 결과는 성공.

스킬이 성공하자 빛이 뿌려지며 두 사람 앞에 메가 드레이크와는 비교도 안 될 정도로 거대한 본 드래곤이 모습을 드러냈다.

"내, 내가 본 드래곤을 마, 만들다니……!"

비록 쿼터이긴 하지만 본 드래곤을 만드는데 성공했다.

그에 따라 공다원은 대단한 업적을 인정받아 보너스 스탯을 획득했고 수호 또한 마침내 본 드래곤과 조우할 수 있었다.

그런데 그때였다.

"어어!"

공다원의 표정이 다급해진다.

마치 대형 사고라도 발견한 직원처럼 말이다.

그러더니 이내 곧.

"도, 도, 도망치세요!"

"통제가 안 되나요?"

"네, 네?"

"그럴 것 같았습니다."

"그, 그게 무슨?!"

"잠시만 쉬고 계세요."

수호는 다시 손날로 그의 뒷목을 가격해 그를 기절시켰다.

그런 다음 아공간 하우스에 그를 집어넣자 수호의 눈앞에 시스템 알림이 떠올랐다.

[본 쿼터 드래곤이 공다원 플레이어의 통제를 벗어납니다.]

보이는 그대로였다.

본 쿼터 드래곤이 공다원의 통제를 벗어나 멋대로 폭주하기 시작한 것.

그 증거로 본 쿼터 드래곤의 머리 위에 여태 보지 못했던 네임카드가 떠올랐다.

- 본 쿼터 드래곤 Lv.151

무려 151레벨!

하지만 저 수치는 어디까지나 인위적으로 만들어진 본 쿼터 드래곤이기에 저 정도밖에 책정되지 않은 것

'진짜였다면 최소가 200대였겠지.'

통제에서 벗어난 본 쿼터 드래곤이 폭주하기 시작한다.

- 크허어어어엉!!

콰앙!!

폭주하기 시작한 본 쿼터 드래곤이 특유의 거대한 꼬리를 휘둘러 수호를 공격한다.

녀석.

성대도 없는 해골 뼈다귀 주제에 잘도 울부짖네.

그래도 다행인 점이라면.

[본 쿼터 드래곤이 드래곤 피어를 사용합니다.]

[용혈이 발동됩니다.]

[드래곤 블러드의 드래곤 피어 면역 효과에 의해 피어가 적용되지 않습니다.]

아무리 150레벨대의 본 쿼터 드래곤이라 할지라도 종족 자체가 드래곤으로 되어 있어 용혈을 가진 수호에겐 피어가 먹히지 않는다는 것.

수호는 즉시 혈검을 소환해 달리기 시작했다.

그리고 자신에게 스킬 하나를 사용했다.

[축복이 발동됩니다.]

100레벨이 되어서야 겨우 손에 넣은 버프 스킬로, 사용하는 즉시 마력이 허락되는 동안 모든 스탯이 10% 증가하는 효과가 있다.

그리고.

[홀리 인챈트가 발동됩니다.]

성스러운 힘에서 업그레이드된 홀리 인챈트를 사용하자 붉은 혈검이 새하얗게 빛나기 시작했다.

상대는 언데드로 분류된 본 드래곤.

그러니 홀리 인챈트만 한 스킬도 없다.

준비를 마친 수호는 본 쿼터 드래곤의 꼬리 공격을 회피하자마자 바로 녀석의 사각을 향해 달리기 시작했다.

'드래곤을 상대로 정공법을 펼치는 건 바보 같은 짓이지.'

수호는 전생에 드래곤을 딱 두 번 만나 봤다.

이번 생에 본 타워 드래곤까지 합하면 세 번이지만 녀석들을 상대하며 깨달은 점이 있다면 드래곤은 어떠한 경우에라도 정면으로 상대해선 절대로 사이즈를 감당할 수 없다는 것.

그만큼 드래곤은 강력한 종족이었으니까.

그래서 항상 후위를 노리거나 사술로 녀석들을 약하게 만들어야 했다.

타워 드래곤을 상대할 때도 아공한 하우스를 활용해 히트앤런 전술을 구가했으니까.

수호는 녀석의 후미를 잡자마자 바로 녀석의 꼬리뼈를 공격했다.

빠각!

- 크허어어어엉!!

이미 죽은 언데드라 통점이야 없겠지만 자신이 공격당했다는 사실은 그 누구보다 잘 안다.

수호는 튼튼한 기동력을 바탕으로 녀석의 꼬리를 중점

적으로 노렸다.

콰앙! 콰앙! 콰앙!!

그럴 때마다 녀석은 몸에 벌레라도 기어다니는 것처럼 거칠게 발악하며 수호를 깔아뭉개려고 애썼다.

하지만 그런 단순한 전술이 수호에게 먹힐 리가 없다.

'게이트에 소속된 몬스터였다면 까다로웠겠지만 플레이어 소유였던 넌 그저 덩치만 큰 샌드백에 불과하다.'

통제가 풀린 소환수들은 대부분 그렇다.

게이트 소속이었다면 마력이 몇 배나 강화되어 본인 소유의 스킬이라도 사용할 테지만 플레이어가 데리고 있다가 통제가 풀린 녀석들…… 특히 이놈처럼 야매로 탄생한 녀석들에게 괜찮은 스킬이나 있겠는가?

그리 생각하며 한 번 더 검을 휘두른 순간이었다.

콰드득! 쩌억!

제대로 들어갔다.

마침내 수호가 쌓아 올린 데미지를 견디지 못하고 녀석의 꼬리가 떨어져 나간 것이다.

- 크허어엉!!

꼬리가 떨어져 나가자 녀석이 더더욱 발광한다.

위협을 느껴서 그런 것이다.

하지만 더더욱 거세진 발광에 비해 녀석의 움직임은 좀처럼 균형을 잡지 못했다.

그럴 수밖에.

'꼬리 달린 놈들은 꼬리가 무게추 역할을 해 주거든.'

수호는 일순 균형을 잡지 못한 녀석의 그림자를 향해 귀영창을 꽂아 넣었다.

[그림자 주박이 발동됩니다.]

[그림자 출혈이 발동됩니다.]

녀석이 기울어진 순간에 귀영창을 꽂아 넣어 녀석의 행동을 묶는다.

레벨이 50쯤 차이가 나니 그 시간이 오래 지속되진 않을 것이다.

하지만 상관없다.

짧은 시간이지만 그 정도면 충분하니까.

수호는 그대로 녀석의 몸통을 타고 올라가 녀석의 척추뼈를 공격하기 시작했다.

콰직! 콰직! 콰직!

이음새 있게 제대로 묶인 녀석의 척추뼈는 잘 짜놓은 갑옷의 그것과도 같다.

하지만 그렇기에 무적은 아니다.

수호는 녀석의 꼬리뼈를 공략할 때처럼 녀석의 수많은 척추뼈 중 하나를 집중적으로 공격했다.

[강철 자르기가 발동됩니다.]

서걱!

강철 자르기도 사용했다.

하지만 녀석의 뼈가 가진 강도는 강철 그 이상.

아무리 쿼터 블러드라 할지라도 녀석의 이름에는 '드래곤'이 포함되어 있으니까.

- 크허어어엉!!

[본 쿼터 드래곤이 드래곤 피어를 사용합니다.]

[용혈이 발동됩니다.]

[드래곤 블러드의 드래곤 피어 면역 효과에 의해 피어가 적용되지 않습니다.]

본 쿼터 드래곤의 드래곤 피어.

직전에서 울리는 피어에 귀청이 터질 것 같으나 수호는 이를 악물고 참아 냈다.

그쯤 본 쿼터 드래곤의 힘을 견디지 못한 귀영창이 사슬 끊어지듯 저 멀리 튕겨 나간다.

콰앙!!

'이런!'

드래곤이라는 종족이 가진 타고남과 50레벨 차이에서 나오는 근본적인 힘의 차이는 여러모로 수호를 압박하는 데 용이했다.

하지만 수호는 자신이 질 것이라고는 조금도 생각하지 않았다.

'그래 봤자 덩치만 큰놈일 뿐!'

수호는 자신의 귀에 힐을 시전한 후 다시 녀석에게 바짝 붙었다.

- 크허허허엉!!

[구름 베기가 발동됩니다.]

카강!

이후엔 히트앤런이었다.

꼬리를 잘라 균형을 빼앗았으니 이제 남은 건 몸의 중심이 되는 척추뼈를 파괴하는 것뿐.

수호가 아는 대형 스켈레톤 몬스터를 상대할 땐 이게 최적이었으니까.

그렇게 한참의 히트앤런이 구가된 중이었다.

[강철 자르기가 발동됩니다.]

콰드득!!

하얗게 빛나는 혈검이 본 쿼터 드래곤의 척추뼈에 깊숙이 박힌다.

그것을 본 수호의 눈에 이채가 돌았다.

'끝이다!'

수호는 다시 한번 검을 들어 역수로 쥐었다.

그리고 있는 힘껏 검을 내지른 순간 그것은 일순간 창끝이 되어 녀석의 뼈를 깊이 파고들었다.

콰드드드득!!

파괴음과 동시에 녀석의 척추뼈가 도미노처럼 부서져

들어간다.

그와 동시에 마침내 녀석의 척추뼈가 두 동강이 났고 파괴된 척추뼈를 중심으로 사방으로 균열이 퍼져 나갔다.

바가각! 바각! 바가각! 바가각!

균열 난 뼛조각은 사방으로 퍼져 나갔다.

데미지가 누적된 척추뼈는 더 이상 본 쿼터 드래곤의 무게를 지탱하지 못했고 연쇄적으로 파괴 현상이 일어나 몸 전체의 붕괴를 야기하기 시작했다.

"후우."

수호는 거리를 벌려 녀석이 무너지는 과정을 지켜보았다.

- 크허어어어엉!!

본 쿼터 드래곤은 무너져 갔다.

녀석은 무너져 내려가면서도 분하다는 듯 울부짖는 것을 포기하지 않았는데 마침내 녀석의 머리가 바닥에 떨어졌을 때 그제서야 본 쿼터 드래곤은 울부짖는 것을 멈출 수밖에 없었다.

"해치웠나?"

죽은 적도 되살린다는 마법의 주문.

그러나 정말로 해치웠다.

그도 그럴 게 섬뜩한 푸른 안광이 이제는 꺼진 촛불처럼 생기를 잃었으니까.

녀석이 완전히 무너져 내린 직후였다.

[본 쿼터 드래곤을 처치하셨습니다.]

[레벨이 올랐습니다.]

[모든 스탯이 1 올랐습니다.]

눈앞에 떠오른 짤막한 알림들.

녀석을 처치했고 그에 따라 레벨이 올랐다는 알림이었다.

그것을 본 수호가 성취감에 웃었다.

'정식 몬스터가 아니라 MVP 선정은 안 됐나 보네.'

뭐, 상관은 없다.

MVP 보너스는 이미 메가 드레이크를 처치하며 받았으니까.

수호가 획득한 보너스 스탯을 마력에 투자한 직후였다.

화아아악!

갑자기 빛나기 시작하는 본 쿼터 드래곤의 골격체.

발광하던 그것은 이내 사방으로 산란하더니 이내 수호에게 흡수되기 시작했다.

동시에 시스템 알림이 떠오르기 시작했다.

[본 드래곤을 처치하셨습니다.]

[용혈의 세 번째 권능의 해금 조건이 모두 충족되었습니다.]

[① 100레벨 달성.]

[② 본 드래곤 처치.]

[드래곤 본을 흡수합니다.]

[용혈의 세 번째 권능이 해금됩니다.]

[드래곤 그로우가 개방되었습니다.]

[드래곤 그로우로부터 용골(S)을 터득하셨습니다.]

[드래곤 그로우로부터 용체(S)를 터득하셨습니다.]

[드래곤 그로우로부터 드래곤 센스(S)를 터득하셨습니다.]

쏟아지는 알림들.

그것은 본 드래곤 처치 조건을 충족함으로써 용혈의 세 번째 권능이 깨어났다는 것을 알려주는 알림들이었다.

'드래곤 그로우라…….'

수호는 즉시 새롭게 개방된 권능들의 정보를 확인했다.

[용골]

- 등급 : S

용의 핏줄을 타고난 자만이 받을 수 있는 선택이자 타고난 권능.

신체의 뼈를 드래곤의 뼈로 교체한다.

용골이 적용되는 동안 뼈의 강도와 회복력은 소유자의 마력에 비례하며 최하 능력치는 가장 약한 드래곤의 것을 따른다.

[용체]

- 등급 : S

용의 핏줄을 타고난 자만이 받을 수 있는 선택이자 타고난 권능.

살과 근육을 비롯한 신체의 모든 기능과 강도와 회복력을 드래곤의 것으로 교체한다.

용체가 적용되는 동안 살과 근육을 비롯한 신체의 기능과 강도와 회복력은 소유자의 마력에 비례하며 최하 능력치는 가장 약한 드래곤의 것을 따른다.

[드래곤 센스]

- 등급 : S

용의 핏줄을 타고난 자만이 받을 수 있는 선택이자 타고난 권능.

오직 드래곤만이 가질 수 있는 특수한 감각을 여섯 번째 감각으로 각성한다.

정보를 확인한 수호가 웃었다.

"좋네."

그냥 좋은 정도가 아니었다.

아주 좋은 옵션들이었다.

옵션만 놓고 보면 전생에서도, 이번 생에서도, 그 어떤 플레이어도 손에 넣지 못했고 최고의 플레이어였던 자신조차도 본 적 없는 그런 옵션들이었으니까.

'그럼 이것들을 공략 조건으로 가진 뉴블러드는 얼마나 더 좋다는 거야?'

수호가 입꼬리를 올리며 그제서야 게이트를 나선다.

✱

"으음……."

희미했던 의식이 되돌아오며 공다원은 다시 정신을 차렸다.

여긴 어디지?

낯선 천장.

밝은 주변.

그러나 공다원은 여기가 어딘지 금방 알 수 있었다.

"여긴……."

"어, 일어나셨어요?"

공다원이 의식을 차리자 누군가 아는 체를 한다.

그들은 파란 티에 파란 바지를 입고 있었는데 가슴팍엔 '소망의료원'이라 적혀 있었다.

그것을 본 공다원의 눈동자가 일순간 확장됐다.

"벼, 병원?"

"예, 여긴 소망의료원 마음치료센터입니다. 몸은 좀 괜찮으세요?"

"마, 마음치료센터? 마음치료센터면 저, 정신병원요?"

"예, 뭐. 정신병원이라고 불리기도 합니다."

"왜, 왜요?"

"그야 환자분은 현재 극심한 망상장애와 불안증세를 보이시니까요?"

"그, 그게 무, 무슨 말도 안 되는! 내, 내가 왜 정신병자야! 시, 시발 너네 일부러 그러는 거지!"

"어, 환자분 날뛰시면 안 됩니다!"

"죽어!"

분노한 공다원이 손을 뻗는다.

이렇게 하면 공격 스킬이 발사되어 자신에게 위협이 되는 존재를 순식간에 제압해 줄 거니까.

하지만.

"……어?"

손아귀에서 뿜어지는 게 아무것도 없다.

몇 번을 휘둘러도 마찬가지다.

이럴 리가 없는데?

그때, 공다원은 자신의 손목에 채워진 것이 보였다.

간호사가 말했다.

"환자분은 레벨이 100이 넘으셔서 혹시 모를 미연의 사태를 방지하기 위해 특수제한장치를 착용 중이세요. 장치가 작동되는 동안 마력도 사용하실 수 없고 스킬도 사용하실 수 없으세요. 그러니 난동 피우지 마시고 차분하게 치료에 임해주시길 바라겠습니다."

"무, 뭐라고? 누, 누구 맘대로? 난 이런 거에 동의한 적 어, 없는데 누, 누구 맘대로!"

"정부에서 허가된 사항입니다. 그러니 치료에 협력해 주세요."

"싫어어어어!!"

공다원이 난동을 부린다.

그러나 공다원이 난동을 부린다 한들 달라지는 건 아무것도 없다.

이곳은 소망의료원의 마음치료센터 중에서도 고위험 환자들을 다루는 특수동.

공다원은 현재 그가 앓고 있는 망상장애와 불안증이 다 낫기 전까진 이곳을 나올 수 없을 것이다.

수호는 영상통화를 통해 공다원을 살피며 수간호사에게 말했다.

"그럼 좀 부탁드리겠습니다."

- 예, 걱정하지마세요. 환자분은 저희가 잘 케어하겠습

니다.

수호의 감사 인사에 수간호사가 방긋 웃는다.

수호가 공다원을 잘 부탁한다고 하는 이유?

간단했다.

공다원을 소망의료원에 넣은 사람이 바로 수호였으니까.

어쩔 수 없었다.

공다원은 1성급 플레이어로 보통의 병원에선 케어가 불가능한데다 그는 비록 사연이 있는 정신병 환자였지만 어쨌든 유족들의 허가도 없이 고인의 시체를 사적으로 사용한 데다 언제 민간인을 공격할지 모르는 위험한 인물이었기 때문.

그래서 그는 청옥 교도소 대신 대헌협과 연계된 소망의료원에서 입원치료를 받기로 결정되었다.

수호가 영상통화를 종료하며 생각했다.

'공다원한테는 미안하지만 그렇다고 계속 거기에 그를 혼자 둘 순 없으니까.'

공다원은 상태가 불안정한 정신병 환자였다.

그러니 그에겐 안정적인 치료가 절대적으로 필요했고 시간은 좀 걸리겠지만 훗날 사람의 정신까지 치료할 수 있는 정신치유 스킬을 손에 넣으면 반드시 공다원을 치료하겠노라 다짐했다.

현재로썬 그것이 수호에게도 공다원에게도, 서로에게

최선이었으니까.

수호가 이어서 다른 사람에게 전화를 걸려던 찰나였다.

위이잉!

전화가 왔다.

발신자는 낯선 번호.

누구지?

광고 전화인가?

하지만 010으로 시작하는 번호라 일단 전화를 받았다.

"예, 전화 받았습니다."

- 어, 수호 씨. 나야, 특관1팀장.

특관1팀장.

누군가 했더니 오봉주 팀장이었다.

그의 다급한 목소리에 수호는 미소를 지었다.

그가 왜 이리 다급한지 알기 때문이다.

그러나 시치미 뚝 떼고 되물었다.

"예, 오 팀장님. 무슨 일이세요?"

- 아니, 그게 말이야. 다름이 아니고 그…… 저…… 있잖아…….

"예, 말씀하세요."

선뜻 운을 못 떼는 오봉주.

그렇겠지.

오봉주가 전화를 건 이유는 다름 아닌 별스타에 쓴 게시글 때문일 테니까.

수호의 모른 척에 오봉주는 잠시 망설이는가 싶더니 이내 목소리를 냈다.

그러자 아니나 다를까.

- 수호 씨, 혹시 별스타 하나?

별스타 이야기를 꺼냈다.

수호가 답했다.

"예, 합니다."

- 그럼 이해가 빠르겠네. 내가 얼마 전에 부팀장이랑 사진 찍은 거 있잖아? 그걸 별스타에 올렸는데 갑자기 사람들이 엄청나게 욕을 하지 뭐야?

"사람들이요?"

- 어, 어.

"제가 한번 볼 수 있을까요?"

- 어, 잠시만.

얼마 뒤, 자신의 게시글을 캡처한 사진이 전송되었고 그것은 일전에 수호가 본 그 게시글이 맞았다.

그래서 수호는 바로 오봉주의 별스타로 들어가 댓글들을 확인했다.

- ㅋㅋ 시발 아직도 시보떡 강제로 돌리는 공무원들 수준 ㅋㅋㅋㅋ

- 이야, 나 때도 돌리더니 이거 아직도 돌리고 있네.

- 시보떡은 진짜 감사한 마음을 담아서 돌려야지, 지가 뭔데 어디서 사라 마라야 ㅋㅋㅋㅋ

- 안 봐도 뻔함. 눈치 줬나 줬겠지.

- 퀸즈 베이커리면 쿠키 맨날 웨이팅 있는 곳인데 와 일부러 여기 꺼 사라고 했다고? 여기 쿠키 가격 꽤 나가는데.

ㄴ 시보가 돈이 어딨다고…….

ㄴ 팩트) 시보는 돈이 없지만 검신은 돈은 많다.

ㄴ 눈치 존나 없네 이 새끼.

ㄴ ㅈㅅ

- 추천이 아니라 압박이었겠구만. 꼭 스윗꼰대들이 지가 뭘 잘못한 줄도 모름 ㅋㅋㅋ

- 울 검신님 표정 봐 ㅠㅠㅠ 안 봐도 뻔함 이거 억지로 찍은 걸 거임 ㅠㅠㅠㅠ 검신님 만약 억지로 찍은 거라면 당근을 흔들어 주세요.

댓글들이 맵다.

그럴 수밖에.

요즘 사람들은 타인의 잘못을 하나라도 발견하면 죽자고 돌을 던지니까.

수호도 그 심리를 잘 알기에 웬만해선 대중들에게 먹이가 될 만한 요소들을 주지 않는다.

수호가 말했다.

"댓글이 맵네요."

- 그치? 이것 때문에 진짜 신경 쓰여 죽겠다니까. 댓글 뿐만이 아니라 나에 대한 민원도 엄청 들어오고 있다고.

"많이 곤란하시겠어요."

- 역시 수호 씨라면 이해해 줄 줄 알았어. 그래서 말인데…… 수호 씨 별스타 계정에 해명글 좀 올려 줘.

"해명글요?"

- 어, 강제로 한 게 아니라 순수하게 추천받아서 산 것뿐이라고. 부탁 좀 하자.

부탁이라.

이런 걸 과연 부탁이라고 할 수 있을까?

하지만 거절할 이유는 없었다.

거절보다는 승낙하는 쪽이 더 재밌는 결과가 나올 테니까.

수호가 친절하게 답했다.

"그럴까요?"

- 그래 줄 수 있어?!

"예, 뭐 어려운 거라고. 그렇게 하겠습니다."

- 역시 수호 씨야! 그럼 수호 씨만 믿고 있을게?

"예, 알겠습니다."

오봉주는 구원자라도 만난 것처럼 진심으로 고마워했다.

수호는 통화를 종료하자마자 그의 부탁대로 별스타에 게시글 하나를 작성했다.

사진 한 장 없이 부탁받은 그대로의 내용을 넣은 텍스트 게시글만.

> 안녕하세요, 안수호입니다.
> 근래 시보떡 게시글 관련되어 말씀드리고 싶은 것이 있습니다.
> 특수관리1팀 오봉주 팀장님께 퀸즈 베이커리 쿠키를 먼저 추천받은 것은 맞지만 구매는 제가 직접 한 것입니다.
> 그러니 별다른 오해는 없으셨으면 합니다.
> 그럼 오늘도 좋은 하루되세요.

게시글 작성을 마친 수호가 환하게 웃으며 휴대폰을 넣은 후 장소를 옮기기 시작했다.

그리고 얼마 뒤.

[안수호 님의 게시글에 댓글이 달렸습니다.]

[안수호 님의 게시글에 댓글이 달렸습니다.]

[안수호 님의 게시글에 댓글이 달렸습니다.]

[안수호 님의 게시글에 댓글이 달렸습니다.]

……

수호가 쓴 텍스트 게시글에 무서운 속도로 댓글들이 달리기 시작했다.

그와 동시에.

[오봉주 님의 게시글에 댓글이 달렸습니다.]

[오봉주 님의 게시글에 댓글이 달렸습니다.]

[오봉주 님의 게시글에 댓글이 달렸습니다.]

[오봉주 님의 게시글에 댓글이 달렸습니다.]

……

오봉주의 시보떡 게시글에도…… 아니, 오봉주의 모든 별스타 게시글에 댓글들이 달리기 시작했다.

- 이 미친놈이 그새 검신님한테 쪼르르 달려가서 찡찡댔나 보네.

- 이거 권력형 협박 아님?

- 오죽했으면 별스타 업로드 잘 안 하는 검신이 이런 글까지 썼겠냐.

- 검신도 결국 회사원이구나. 진짜 불쌍하다.

- ㅋㅋㅋ 얼탱이가 없네. 죽 닥치고 있으면 될 걸 굳이 나서서 일을 키우네. 바로 정의구현 들어간다.

ㄴ 자, 드가자~

- 깔끔하게 사과문이나 좀 박지 ㅉㅉ 지 팔자 지가 꼰다.

- 나 옛날에 오봉주 저 인간 밑에서 일했었는데 아주 개 짜증나는 인간임. 예전에 어떤 일이 있었냐면…….

- 나 오봉주 동창인데 저 새끼는 옛날에도…….

그것도 아주 안 좋은 쪽으로 말이다.

그러나 이 이상 신경 쓸 필요는 없다.

수호는 이어서 아까 전화하려던 곳으로 전화했다.

- 어, 안 헌터.

전화를 받은 사람은 부협회장 박규민이었다.

수호가 물었다.

"부회장님, 말씀드린 건 진행 중인가요?"

- 안 그래도 유해발굴단과 전문 인력을 보내서 작업 중이야.

"시간은 꽤 걸리겠지만 꼼꼼하게 부탁드릴게요. 이런 것들이 훗날 부회장님에게 이롭게 작용할 겁니다."

- 알고 있네. 안 그래도 심혈을 기울이라고 확실하게 언질해 놨어. 근데…… 기사는 확실하게 내주는 거지?

"예, 안 그래도 기자님한테 말해 놨습니다. 근데 어차피 제가 안 불러도 부회장님이 알아서 부르실 거잖아요?"

- 그건…… 크흠, 그래도 내가 부르는 것과 자네가 부르는 것에는 모양새 차이가 좀 있지 않나.

"모양새 차이는 무슨…… 그럼 중간중간 저한테 보고해 주시는 걸로 하시고 또 연락드리겠습니다."

- 그래, 나만 믿게.

공다원을 정신병원에 넣음과 동시에 수호가 진행시킨 것.

그것은 다름 아닌 곤지암 일대에 묻혀 있는 이름 모를 고인들의 유해를 찾아 유족의 품으로 돌려보내는 것이었다.

몰랐다면 모를까, 공다원 때문에라도 그곳의 존재를 알

게 된 이상 절대 모른 척해선 안 됐다.

아니, 애초에 이런 일 자체가 대헌협이 해야 되는 일이었다.

'그리고 이게 내가 할 수 있는 최선이고.'

이 정도면 충분하다고 생각했다.

어차피 세상의 모든 일을 혼자서 해낼 순 없는 법이니까.

그래서 좀 더 효율적인 일의 진행을 위해 박규민을 움직였다.

이번 일은 따지고 보면 사람과 관련된 문제라 각성부를 동원해야 했고 각성부는 박규민의 라인이었으니까.

용건을 마친 수호는 전화를 끊으려다 박규민을 불렀다.

"아, 그리고 부회장님."

- 어어, 왜 그런가?

"게이트부 특수관리1팀장 오봉주 아시죠? 보니까 저랑 관련해서 SNS에서 욕 꽤나 먹고 있던데 그것 때문에 자꾸 절 귀찮게 하네요."

- 오 팀장이?

"예, 좀 전에도 별스타에 글 하나 써 달라고 해서 써 줬는데 솔직히 이젠 좀 귀찮네요. 그러니 부회장님 선에서 알아서 정리 좀 해 주세요. 그리고 자꾸 저희 팀에 자기 업무도 떠넘기던데 그것도 좀 불쾌합니다.

업무 떠넘기기.

이건 오봉주가 정철민에게 업무 떠넘기는 말을 지나가듯 들은 적이 있어서였다.

그래서 대신 언급해 줬다.

싫은 건 싫은 거니까.

수호의 말에 박규민이 흥분하기 시작했다.

- 오 팀장이 그랬어?! 알겠네. 내 오 팀장 불러다가 확실하게 조져 놓겠네. 이놈 새끼가 어딜 감히……!

"예, 그럼 부탁 좀 드리겠습니다."

용건을 마친 수호는 그제서야 개운한 표정으로 통화를 종료했다.

이제 더 이상은 귀찮게 안 하겠지.

'그럼 이제 뱀파이어 블러드만 해결하면 되겠군.'

수호가 그리 생각하며 뱀파이어 블러드의 정보를 확인하려던 순간이었다.

위이잉!

전화가 왔다.

정철민이었다.

"예, 팀장님."

- 수호야, 지금 어디야?

"저 지금 특성 퀘스트 중입니다. 무슨 일이세요?"

- 감지과에서 심상찮은 게이트가 하나 감지됐다는데 혹시 네가 관심 보일 것 같아서 연락했다.

“심상찮은 게이트요?”

- 감지되는 마력 레벨이 S급이다.

“……!”

수호의 눈이 확장됐다.

“지금 바로 갈게요.”

- 그래, 주소 보내 줄게.

통화를 마친 수호가 바로 차에 몸을 실었다.

게이트의 등급은 여러 가지 요인을 종합하여 판별이 나지만 판별에 가장 큰 영향을 끼치는 건 역시 게이트 발생 시 최초로 측정되는 마력에 있었다.

그런데 그 마력 레벨이 S급으로 측정되고 있다고 하니 게이트부 입장에선 초비상사태.

그도 그럴 게 게이트 등급이 높을수록 게이트 쇼크에 대한 여파 또한 크기에.

그러니 정철민이 갑자기 수호를 찾는 것도 이해가 됐다.

수호는 바로 차를 몰아 찍어 준 주소지로 향했다.

다행히 먼 곳은 아니었다.

게이트가 발발한 곳의 위치가 여주에 위치한 영월루였기 때문이다.

영월루에 도착하자 이미 접근금지 가이드라인이 쳐져 있었고 차를 댈 때쯤 연락받은 정철민이 수호를 마중 나왔다.

"왔어?"

"전화 받자마자 바로 출발했습니다."

"어디에 있었길래 이렇게 빨리 와?"

"곤지암 쪽에 있었습니다. 거기서 퀘스트 진행 중이었거든요."

"그래? 마침 타이밍이 좋았네. 그래서, 퀘스트는 다 해결했고?"

"아직 특성 퀘스트가 조금 남았습니다."

"아이구…… 한참 집중해야 할 때 내가 호출했네. 그래도 이해 좀 해 줘, 다른 것도 아니고 S급 게이트잖아."

"아휴, 당연하죠. 이것도 제 편의 봐주신 건데 아무리 그래도 공사 구분은 해야죠. 근데……."

수호가 주변을 둘러보며 말했다.

"다른 분들은 아직이신가 보네요?"

"어, 내가 여기 담당이라 마침 여기 있었거든. 근데 혹시 몰라서 전부는 안 부르고 일단 탐사조만 부르긴 했어."

탐사조.

게이트 관리팀에는 여러 개의 조가 존재한다.

게이트 발생과 동시에 가장 먼저 답사를 해 보는 탐사조. 그리고 공략할 만하다 판단되면 공략을 시도해 보는 공략조.

마지막으로 그 외의 게이트들을 전반적으로 관리하는 관리조.

이들의 공통점이 있다면 관리팀 인원들은 한 명도 빠짐없이 모두가 각성자라는 것.

그리고 탐사조와 관리조 인원은 항상 고정되어 있다는 것.

'관리조는 말 그대로 관리밖에 못 하니 레벨 낮은 사람들 위주로 구성되어 있고 탐사조는 팀에서 가장 위험한 업무를 맡고 있으니 가장 베테랑 헌터들로 구성되어 있지.'

물론 베테랑의 기준은 어디까지나 '특수관리팀'에 한해서다.

말인즉, 다른 길드들 공략팀과 비교하면 비교라는 말이 아까울 정도로 처참한 수준.

'탐사조에 100레벨이 넘는 헌터가 없으니 말 다 한 거지.'

없는 이유?

당연하지 않겠나.

국가 헌터는 게이트 공략에 따른 성과급도 낮을뿐더러 게이트 안에서 발생한 전리품 역시 모두 국가에 귀속이 되기에.

그래서 사실상 공략조도 없는 것이나 마찬가지였다.

탐사조 선에서 해결되면 탐사조 인원들이 공략을 하니까.

그러므로 애초에 기대도 안 했다.

전생의 기억을 되짚어 봤을 때 딱히 기억에 남는 사람도 없었고.

하지만 그럼에도 정철민은 일단 호출했다.

그래도 명색이 관리2팀의 탐사조였으니까.

정철민이 수호를 데리고 감지팀 막사로 들어갔다.

막사 내부 분위기는 심각했다.

간만에 감지된 S급 마력이다 보니 다들 불안한 것이다.

혹시라도 게이트가 폭주해 게이트 쇼크라도 일어나면 정말 큰일이었으니까.

그때 두 사람을 발견한 감지3팀장 손도원이 두 사람에게 다가와 반갑게 맞아 주었다.

"왔어?"

"인사해. 감지3팀장 손도원이야. 나랑은 동기."

"안수호라고 합니다. 이번에 특관2팀에 부팀장으로 발령받았습니다."

정철민의 소개에 수호가 얼른 인사한다.

그러자 손도원도 웃으며 반겨 주었다.

"손도원이라고 해요. 감지과 평가 때 있었던 일은 잘 들었어요. 그나저나 이 친구만 부른 거야?"

손도원의 물음에 정철민이 대답했다.

"탐사조도 부르긴 했어. 근데 탐사조 애들이 와도 크게 의미가 없는 게 지금 우리 팀에서 이 친구 레벨이 제일 높아."

"이 친구가? 몇인데?"

손도원의 물음에 수호가 대신 대답했다.

"100입니다."

실제로는 104지만 일부러 100이라고 했다.

104라고 솔직하게 말하면 어디 게이트를 통해 올렸는지부터 시작해 많은 걸 대답해야 했으니까.

수호의 레벨 공개에 손도원이 놀라며 입술을 오므렸다.

"혹시 특이점 퀘스트 다 끝냈어요?"

"아직 특이점 휴가도 못 썼습니다."

"아…… 그럼 중요한 시기에 불려온 거구나. 잠깐만. 그럼 설마 이 친구를 탐사조에 넣으려고?"

"안 그래도 고민 중이야. 사실 S급 게이트면 탐사조 애들은 안 넣는 게 좋지. 괜히 넣었다가 개죽음 당하면 어떡해?"

"그럼 안 불렀어?"

"일인데 또 어떻게 안 불러. 아직 이 친구는 정식으로 탐사조에 배정된 것도 아닌데."

"그것도 그렇지……."

손도원이 잠시 턱을 어루만지더니 수호를 보며 말했다.

"수호 씨."

"예, 팀장님."

"내가 부담 주는 건 아니고 혹시나 해서 물어보는 건데…… 수호 씨는 여태 봉인 게이트를 공략하고 다녔잖아요?"

“그쵸?”

“혹시 S급 게이트는 관심 없어요? 아, 절대 부담 주는 건 아니고 진짜 순수한 궁금증에서 물어보는…….”

“관심 있습니다. S급 게이트도.”

“……정말?”

“예, 정말요. 그리고 저도 저희 팀장님이랑 같은 의견입니다. 저희 팀 탐사조 인원들 레벨이 전부 무성급이라 들었는데 괜히 S급 게이트에 넣어서 초상 치르느니 차라리 안 넣는 게 낫다고 생각합니다.”

“그럼 수호 씨는?”

“전 상관없습니다. 만약 허가만 떨어지면 혼자 탐사하고 올 생각도 있습니다.”

수호의 말이 끝난 순간이었다.

손도원이 반쯤 벌어진 입과 커진 눈으로 물었다.

“그렇다는데?”

“크흠…….”

사실 정철민도 그 생각을 안 한 건 아니었다.

하지만 아무리 그래도 S급 게이트에 어떻게 부하직원 혼자 덜렁 보낼 수 있을까?

수호도 그의 마음을 잘 알기에 일부러 부탁하듯이 말했다.

“전 혼자서 움직이는 게 편합니다. 팀장님만 허락해 주시면 단독 탐사를 한번 시도해 보겠습니다.”

"……괜찮겠어?"

"아무렴 봉인 게이트만 하겠습니까? 어쨌든 아무도 탐사를 안 나가면 S급 게이트가 미탐사 형태로 경매에 부쳐질 건데 그건 좀 아깝잖아요."

말 그대로였다.

대헌협에서 탐사를 포기한 게이트는 그대로 거래팀으로 이관돼 민간 경매에 부쳐진다.

그리고 대부분의 고레벨 게이트가 그런 식으로 처리된다.

아까워도 어쩔 수 없다.

정부에는 마땅한 탐사 인력이 없고 그렇다고 마냥 고레벨 게이트를 쥐고 있어 봤자 유지 관리에 세금만 들 테니까.

하지만 이젠 대헌협에도 고급 인력이 생겼다.

검신이라는 고급 인력이.

정철민도 그 사실을 알기에 수호를 가장 먼저 호출한 것이고.

정철민이 고개를 끄덕이며 말했다.

"솔직히 네가 계속 부탁하면 내가 어떻게 거절하겠냐. 근데…… 고레벨 미탐사 게이트는 봉인 게이트랑은 속성이 많이 달라. 적어도 봉인 게이트는 기존에 수집된 정보라도 있지만 미탐사 게이트는 진짜 랜덤이야. 그건 알지?"

"예, 알고 있습니다."

"그래. 말해 줘도 네 생각이 그렇다면야 뭐…… 그럼 소환 차지는 얼마나 남았냐?"

"12%."

"시간은 얼마나 걸릴 것 같아?"

"글쎄? 현재 속도로 보면 12시간쯤?"

"흠, 그사이에 준비하고 탐사조 애들 오면 의견이나 물어보면 되겠네."

12시간.

그 말에 수호가 고개를 끄덕였다.

'자연스럽게 열릴 때까지 기다린다면 그렇겠지.'

하지만 시간은 금.

어차피 혼자 들어갈 거면 굳이 12시간이라는 시간을 낭비하고 싶지 않았다.

수호에겐 딱히 준비도 필요가 없었으니까.

'아무리 미탐사 게이트라도 국내…… 아니, 설령 해외 게이트라 할지라도 내가 살아온 타임라인 안에 속한 게이트라면 내가 알 수밖에 없다.'

수호는 업무 평가 때문에라도 전 세계의 모든 게이트를 한 번씩 훑어본 적이 있다.

그리고 기억의 도서관을 가지고 있는 지금, 모르고 싶어도 게이트에 대한 정보를 모를 수가 없었다.

그러니 만약 가능하다면 게이트 오픈 시간을 앞당겨 보기로 했다.

"팀장님, 저 잠시 자리 좀 비워도 될까요?"

"왜?"

"아, 퀘스트 중에 급하게 온 거라 연락 돌려야 할 곳들이 몇 군데 있어서요."

"아, 그런 거면 갔다 와. 아직 12시간이나 남았다니까."

"예, 감사합니다."

수호는 자신의 차로 장소를 옮긴 후 기억의 도서관을 개방시켰다.

그런 다음 현재 연도에 오픈된 국내 게이트들 중 S급 게이트에 대한 자료들을 찾기 시작했다.

그렇게 기억의 도서관을 훑어보길 한참.

마침내 시기와 장소가 일치하는 가장 유력해 보이는 후보를 찾을 수 있었다.

'이 시기에 영월루에서 열린 게이트면 이것밖에 없긴 한데…… 근데 이 게이트가 이때 열렸던 게이트였다고?'

여주 영월루에서 열렸다 하여 이름 붙은 영월루 게이트.

중복될 리는 없다.

게이트는 한번 발생한 곳에 또다시 발생하지 않으니까.

그래서일까?

영월루 게이트의 자료를 찾은 수호는 자기도 모르게 턱을 어루만지며 헛웃음을 띨 수밖에 없었다.

'이번에 열릴 게이트가 진짜 이 영월루 게이트면 너무

땡큐인데?'

그렇기에 더 이상 망설이 이유가 없다.

수호는 바로 차에서 내려 감지과 막사로 이동했다.

"통화 잘 끝냈어?"

"예, 덕분에요. 저…… 근데요, 팀장님."

"응?"

"손 팀장님한테 제안드리고 싶은 게 있는데 같이 자리 좀 해 주실 수 있으실까요?"

"제안? 네가 제안이라고 하니까 궁금한데 무섭네. 손 팀장! 지금 바빠?"

동기의 부름에 손도원이 바로 다가와 물었다.

"왜?"

"수호가 너한테 제안하고 싶다는 게 있다는데?"

"나한테요?"

손도원이 고개를 갸웃하자 수호가 말했다.

"손 팀장님, 혹시 패스트 오프닝에 대해 들어 보신 적 있으십니까?"

"패스트 오프닝?"

"예, 차징 중인 게이트를 빠르게 오픈시키는 방법인데…… 해외에서 사용 중인 방법입니다."

"해외? 처음 들어 보는데?"

그럴 수밖에.

패스트 오프닝은 나중엔 널리 쓰이는 방법이지만 아직은 해외에서만 비밀리에 사용 중인 방법이었으니까.

수호가 설명을 이었다.

“이게 아직 알려지지 않은 방법이라 모르실 수도 있는데 패스트 오프닝법을 쓰면 보다 빠르게 게이트를 열 수 있습니다.”

“게이트를 빠르게 열 수 있다고? 알아서 열릴 때까지 기다리는 게 아니라?”

“예, 게이트 자체에 고순도의 마나를 주입해 게이트 오프닝을 앞당기는 방법인데 이렇게 하면 굳이 안 기다려도 됩니다.”

“그런 방법이……? 근데 그거 안전해요?”

“안전…….”

사실 지금 당장은 안전을 보장 못 한다.

고레벨 마나를 품은 게이트는 낮은 확률로 게이트 쇼크를 일으키는데 현 시점에서 게이트 쇼크를 억제할 수 있는 방법은 없었으니까.

‘게이트 쇼크를 제어하려면 특별한 스킬이나 아이템이 필요한데…….’

아이템은 아직 제작할 시기가 아니었고 스킬도 발견되려면 멀었다.

물론 구하려면 시간과 노력을 넣어 구할 수야 있지만 당장의 게이트 쇼크를 억제하자고 구하기엔 비효율적이었다.

그래서 이번에만 살짝 거짓말을 하기로 했다.

영월루 게이트는 고레벨 마나를 품고 있지만 게이트 쇼크를 일으키진 않았으니까.

"게이트 쇼크 때문에 그러시는 거면 구분법이 있긴 합니다."

"게이트 쇼크 구분법이 있다고?"

"예, 일단 한번 들어 보시겠습니까?"

수호의 말에 손도원의 눈에 흥미로운 이채가 돌기 시작했다.

"그럼 일단 한번 들어나 봅시다."

그 말에 수호 역시 미소를 지으며 설명을 시작했다. 표정을 보니 거의 넘어온 듯 보였기에.

당연히 흥미로울 수밖에.

다른 사람도 아니고 감지과 팀장이 게이트 쇼크 구분법과 게이트를 빨리 열 수 있는 방법에 어찌 흥미가 안 생길까?

"……그러니까 S급 게이트는 마력 컬러가 레드 스탯인 플레이어의 마력을 강제로 주입시키면 오픈 속도가 빨라진다고?"

"예, 그렇습니다."

"그리고 그 과정에서 마력을 주입하는 플레이어의 기분이 편안하면 게이트 쇼크가 없고 거부감이나 고통이 들면 게이트 쇼크가 일어날 확률이 높고?"

"예, 그렇게 들었습니다."

"흠."

물론 뻥이다.

하지만 일부러 사실을 알려줄 필요는 없다.

거짓을 알려준다고 해도 지금 당장 저들이 확인할 방법은 없었으니까.

'일전의 감지과 테스트 때도 그랬었지.'

손도원이 눈을 좁히며 말했다.

"흠, 그렇게 따지면 아주 정확한 건 아니네. 그런 상황에 우리가 불확실성에 도박하긴 좀 그렇지 않을까?"

"안전주의 관점에서 보면 그렇긴 하지만 해외에서도 일부러 실험하고 있는 사례입니다. 그러니 더더욱 저희도 실험을 통해 따로 데이터를 쌓을 필요가 있다고 생각합니다. 이런 데이터는 쉽게 공유해 주지 않고 우리나라는 아직 데이터와 기술력이 많이 부족한 상황이니까요."

"그건 그렇긴 한데……."

손도원은 고민했다.

하지만 결국엔 수호의 제안을 승낙할 수밖에 없을 것이다.

그가 감지과 사람인 것과 더불어 수호의 말마따나 한국은 아직 시스템 데이터가 많이 빈약한 나라 중에 하나라는 걸 그 누구보다 잘 알았으니까.

손도원이 물었다.

"그래서, 수호 씨가 직접 마력을 주입하겠다는 건가?"

"예, 허가만 해주시면 제가 직접 하겠습니다. 제 마력 컬러가 레드 등급이기도 하고 마침 저도 궁금하던 참이었거든요."

수호의 대답에 손도원이 정철민의 눈치를 슬쩍 본다.

그러자 정철민이 미간을 좁혔다.

"왜 날 봐?"

"네 부하잖아."

"그건 그렇지만…… 사실 나한테도 결정권은 없어. 수호가 하고 싶다고 하면 그게 크게 선을 벗어나지 않으면 일단 오케이해 주는 게 내 일이야."

"좋은 상사네."

"무능하면 허락이라도 잘해줘야지."

손도원이 수호에게로 시선을 옮기며 말했다.

"들었죠? 그렇다네요."

"감사합니다. 그럼 지금 바로 시작할까요?"

"뭐, 따로 준비 안 해도 되겠어요?"

"예, 딱히 준비할 건 없습니다. 어차피 탐사도 제가 들어갈 예정이니 지난번처럼 갑자기 게이트 안으로 납치된다고 해도 상관없습니다."

"이야, 자신감 한번 진짜 충만하네……."

손도원은 '이런 헌터들이 대부분 일찍 죽던데'라고 말하고 싶었으나 그냥 삼켰다.

어떤 말은 안 하느니만 못 하니까.

허가를 받은 수호는 마침내 게이트에 접근할 수 있었고 저번의 감지과 테스트 때와는 달리 모두가 보는 앞에서 당당하게 게이트 스팟에 마력을 주입하기 시작했다.

모두가 수호를 주시한다.

동시에 수호가 마력 주입을 시작하자 적당한 리듬으로 알림을 울리던 마력감지 기계가 빠른 속도로 울리기 시작했다.

그것을 본 사람들이 술렁인다.

"지, 진짜잖아?"

"차지 속도가 빠르게 차오르고 있어?"

"이, 이게 패스트 오프닝 기법?"

"근데 저 사람은 이런 사실을 대체 어떻게 안 거야? 해외 쪽 포럼이라면 나도 항상 체크하고 있는데……."

수호는 사람들의 술렁임에도 아랑곳 않고 계속해서 마력을 주입했다.

그때 멀리서 주시하던 손도원이 다급히 물었다.

"수호 씨! 곧 100%인데 느낌이 어때?"

"좋습니다. 하나도 안 아파요!"

"그, 그래?"

하나도 안 아프다는 건 게이트 쇼크가 일어나지 않은 확률이 높다는 뜻.

하지만 그럼에도 모두가 긴장할 수밖에 없었다.

그렇기에 수호 빼고 모두가 긴장했다.

수호는 전혀 긴장되지 않았다.

수호는 알고 있기 때문이다.

영월루 게이트는 게이트 쇼크를 일으킨 적이 없다는 걸.

그리고 마침내 게이트 차지 수치가 100%를 찍은 순간이었다.

화아아악!

뿌려지는 빛무리.

그와 동시에 수호의 눈앞에 시스템 알림이 떠올랐다.

[게이트가 생성되었습니다.]

게이트 오픈에 성공한 것이다.

이윽고 빛무리가 거둬지며 수호를 비롯한 모두가 볼 수 있었다. 쇼크 없이 깔끔하게 열린 게이트 포탈을.

그것을 본 모두가 나지막이 감탄한다.

"와……."

"미친……."

"진짜 해냈잖아……?"

"이게 되다니……."

감지과 사람들은 전율했다.

그럴 수밖에.

이런 식으로 게이트 오픈 시간을 단축시킨다는 건 듣도 보도 못 한…… 아니, 발상 자체를 해본 적이 없는 매우 신박한 방법이었으니까.

특히 손도원이 놀랐고 정철민은 놀라긴 했지만 '미친놈, 이번에도 사고를 칠 줄이야' 같은 류의 표정을 짓고 있었다.

수호는 그들의 놀란 표정을 보며 가벼운 웃음과 함께 손가락으로 브이를 만들어 흔들었다.

"그럼 이제 바로 탐사 투입을 시도해도 될까요?"

"바, 바로?"

"어차피 정해진 수순이잖아요?"

"그렇긴 한데…… 와…… 정 팀장아…… 재 원래 저런 캐릭터냐?"

"……나도 볼 때마다 신비롭고 놀랍다."

정철민은 이미 체념한 듯 고개를 젓는다.

수호가 말했다.

"그럼 바로 입장하겠습니다."

"조심해서 다녀와라."

"넵!"

수호는 손날을 펴서 경례 표시를 했고 곧이어 포탈 속으로 진입했다.

그러자 수호의 눈앞에 게이트 정보가 떠올랐다.

[게이트에 입장합니다.]

[게이트 정보를 불러옵니다.]

[원령나루]

- 입장 조건 : 100레벨 이상, 레드 스탯 1개 이상.
- 최대 입장 인원 : 5명 이하.

원령나루.

영월루 게이트의 진짜 이름.

원령나루의 이름을 확인한 수호가 만족스런 미소를 띠우며 게이트 속으로 들어갔다.

✻

[원령나루에 입장합니다.]

못 보던 시스템 알림이 뜬다.

입장 조건이 최소 레벨 100을 요구하게 되면 그때부터 그 게이트는 1성급 게이트로 친다.

그리고 1성급 게이트부터는 알림을 비롯한 크고 작은 것들에 변화가 생긴다.

수호는 시스템 알림을 확인한 후 바뀐 시야를 둘러보았다.

'여길 내가 오게 되네.'

원령나루.

이곳은 생각보다 꽤나 유명한 게이트였다.

그도 그럴 게 원령나루는 전생에 '십자군'이라는 이명으로 유명세를 떨쳤던 어느 성기사 플레이어가 자신의 아이덴티티적인 힘을 얻게 된 곳이었으니까.

수호는 고개를 들어 위를 보았다.

먹구름이 낀 듯한 네이비색 하늘.

그러나 저건 하늘이 아니었다.

저건 '강'이었다.

그리고 수호가 현재 딛고 있는 것은 흙바닥.

다시 말해 이곳은 강 아래에 존재하는 지하이며 하늘대신 강줄기가 사위를 감싸고 있는 곳이었다.

수호는 이어 시선을 내린 다음 주변 지형지물들을 보았다.

강 아래에 펼쳐져 있다고 해서 이곳의 바닥은 절대 진흙이 아니었다.

모래까진 아니어도 고운 흙들로 이루어져 있는 이곳의 바닥은 색깔이 흑토와 황토 사이쯤 되는 빛깔을 띠고 있었다.

허나 이곳의 흙빛이 이런 색깔을 띠는 이유는 이곳의 흙들이 시독(屍毒)…… 다시 말해 시체로부터 생긴 독성으로 오염되었기 때문이었다.

'그래서 이곳이 원령나루지.'

그때였다.

[나룻바닥의 원념들이 생기에 반응하여 깨어납니다.]

시스템 알림.

그와 동시에 검은 흙바닥에서 검은 형상의 무언가가 꾸물꾸물 일어나기 시작했다.

- 검게 남은 원념 Lv.112

- 검게 남은 원념 Lv.110

- 검게 남은 원념 Lv.114

……

검게 남은 원념.

그것은 이름 그대로 원념으로 이루어진 존재들이되 검은 형체로써 존재하는 것들이었다.

- 용서…… 못…… 해……

- 죽……인……다……

- 그어어어……

검게 남은 원념…… 십자군은 저것들을 원념병이라고 불렀다.

왜냐하면 원념만 잔뜩 남은 저것들은 오직 생기에만 반응하고 분노하여 살아 있는 존재들을 죽이는 것에만 목적을 두는 살인 병기들이었으니까.

'사연만 놓고 보면 참 불쌍한 녀석들이지.'

하지만 쉽게 동정해선 안 된다.

녀석들의 목적은 오로지 도전자를 찢어 죽이는 것뿐이니까.

수호는 어느덧 강나루 아래를 가득 메운 원념병들을 보며 혀를 내둘렀다.

"많기도 하네."

기록에 따르면 십자군이 나타나기 전까진 원령나루도 공략이 힘들었던 게이트 중에 하나라고 했다.

그 이유 중에는 일단 원념병의 수는 말도 안 되게 많은 것도 있지만 한 번에 입장할 수 있는 인원은 다섯 명뿐이었으니까.

그래서일까?

마치 암흑으로 빚어진 듯한 원념병들이 저리 몰려 있으니 마치 검은 파도를 보는 듯했다.

그러나 원령나루의 공략이 힘든 건 단순히 원념병들의 많은 숫자와 제한된 입장 인원 때문만은 아니었다.

수호 앞에 빼곡히 소환된 그들은 이내 본격적으로 공격태세를 갖추기 시작했다.

그 시작은 다름 아닌 '변신'이었다.

[검게 남은 원념이 당신의 모습을 흉내냅니다.]

[검게 남은 원념이 당신의 모습을 흉내냅니다.]

[검게 남은 원념이 당신의 모습을 흉내냅니다.]

……

쏟아지는 알림들.

말 그대로였다.

원념병들은 수호의 모습을 똑같이 복제하기 시작했다.

그러자 곧 수호의 눈앞에 수호와 똑같이 생긴 흑백 원념병들이 빽빽하게 채워졌는데 놀랍게도 저런 형태를 가지고 있음에도 불구하고 놈들의 속성은 언데드가 아니었다.

그들은 악(惡) 속성만을 가진 유령 타입의 몬스터.

자신의 모습을 본 뜬 원념병들을 보며 수호가 혀를 내둘렀다.

"도플갱어랑 비슷한 느낌이네."

수호는 도플갱어 게이트를 몇 번 정도 공략해 본 적이 있다.

하지만 원념병은 도플갱어와는 또 다른 느낌이었는데 그렇다고 마냥 유쾌한 것은 아니었다.

도리어 기괴하고 불쾌하게 느껴졌다.

그럴 수밖에.

자신과 똑같은 모습을 가진 수많은 괴물들을 본다면 그 누구라도 불쾌감을 느낄 수밖에 없을 테니.

그렇기에 수호는 저들을 얼른 죽여 없애기로 했다.

성불이 아니다.

이미 원념으로 점철된 저들은 무슨 짓을 해도 성불이 불가능한 상태였으니.

당연히 자신이야 있었다.

원령나루에 대해 알았을 때 수호는 이미 대비책 또한 마련해 두었으니까.

수호가 스킬 하나를 발동시켰다.

[축복이 발동됩니다.]

대비책의 시작은 축복이었다.

그러자 수호의 스탯들이 일시에 상승했고 수호는 잇달아 두 번째 스킬을 사용했다.

[홀리 인챈트가 발동됩니다.]

그다음으로 사용한 스킬은 홀리 인챈트.

수호는 한 번 더 홀리 인챈트를 사용했다.

첫 번째 홀리 인챈트는 자신의 혈검에, 두 번째 홀리 인챈트는 자신의 육체에 말이다.

그러자 새하얀 광휘가 수호의 전체를 휘감았고 흑백으로 가득한 수호들 속에 오직 오리지널 수호만이 새하얗게 빛났다.

준비는 그제서야 끝났다.

수호가 웃으며 앞으로 나아갔다.

“천천히 덤벼 봐, 안 피할 테니.”

그 말이 신호였다.

- 죽인다!

- 죽여!

- 크아아아!

일시에 덤벼드는 원념병들.

그 모습이 마치 불속으로 뛰어드는 부나방들 같다.

수호는 녀석들의 공격을 피하지 않고 칼을 들어 부드럽게 받아쳤다.

그리고 수호의 칼이 녀석들에게 닿는 순간.

[홀리 인챈트 효과로 '퇴마'가 발동됩니다.]

화아아악!

광휘가 터졌다.

그와 동시에 홀리 인챈트에 내장된 퇴마 효과가 발동되었고 악 속성에 유령 타입 몬스터인 원념병들은 거짓말처럼 잿더미가 되어 바스라 사라졌다.

그뿐만이 아니었다.

수호의 검이 녀석들에게 닿았을 때뿐만이 아니라 녀석들의 검이 수호에게 닿은 순간에도 광휘는 뿜어졌다.

[홀리 인챈트 효과로 '수호'가 발동됩니다.]

수호 효과는 퇴마의 방어 버전.

그러니 녀석들의 공격이 수호에게 먹힐 리가 없다.

그때부터였다.

"하하하."

수호는 맑게 웃으며 천천히 앞으로 걸어 나갔다.

그리고 장난스레 검을 휘두르며 검에 닿는 족족 원념병

들을 소멸시켰다.

시커먼 원념병들 중 수호를 막을 수 있는 녀석은 아무도 없었다.

원령나루에 재앙이 강림하는 순간이었다.

[검게 남은 원념이 처치되었습니다.]

[검게 남은 원념이 처치되었습니다.]

[검게 남은 원념이 처치되었습니다.]

[검게 남은 원념이 처치되었습니다.]

……

쏟아지는 알림들.

원령나루에서 수호를 막을 수 있는 건 아무도 없었다.

물론 모든 원념병이 한 방에 정리된 건 아니었다.

설령 한 방에 퇴마되지 않는다면.

[홀리 인챈트 효과로 '퇴마'가 발동됩니다.]

[홀리 인챈트 효과로 '수호'가 발동됩니다.]

[검게 남은 원념이 처치되었습니다.]

적어도 두 번째에선 마무리가 되었다.

'이건 뭐 내가 특별히 할 것도 없네.'

20레벨 차이가 적은 건 아니었다.

하지만 그럼에도 이런 식으로 압도적인 기량 차이가 나는 건 게이트가 요구하는 조건보다 월등한 수호의 스탯 레벨에 있었다.

'게이트가 요구한 건 고작해야 레드 스탯 한 종류…… 그렇단 말은, 여긴 최소 레드 스탯 하나는 가지고 있어야 간신히 비벼볼 수 있다는 이야기.'

하지만 수호는 오렌지 스탯이 두 개에 레드 스탯이 두 개였다.

심지어 레드 스탯 두 개도 머지않아 오렌지 스탯이 될 예정.

그러니 고작해야 레드 스탯 하나를 요구하는 원령나루의 원념병들이 수호의 적수가 될 수 있을 리는 만무했다.

수호는 스러 흩어지는 원념병들을 헤쳐 나가며 앞으로 전진했다.

그 과정에서 얻어지는 경험치는 참으로 짭짤했다.

이곳이 하드 게이트로 구분됐던 이유 중에 하나는 엄청난 양의 원념병 숫자에 있었으니까.

[레벨이 올랐습니다.]

[모든 스탯이 1 올랐습니다.]

[보너스 스탯을 1개 획득하셨습니다.]

레벨 하나가 올랐다.

그리고 한참 뒤, 수호의 레벨이 추가로 하나 더 오를 때쯤 수호는 마침내 새로운 시스템 알림을 볼 수 있었다.

[검게 남은 원념들이 하나의 더 거대한 원념이 됩니다.]

원념병에 변화가 생겼다.

그것은 원념들이 합쳐져 만든 더 거대한 원념이었다.

시시하게 한두 마리가 합쳐진 게 아니었다.

수호의 압도적인 화력을 본 그들은 개개인으로는 도저히 안 되겠다고 판단하였는지 더 이상 수호에게 덤비기를 멈추고 서로 힘을 합치기로 한 것.

[거대해진 원념이 모습을 드러냅니다.]

쿵!

마치 거인을 연상케 하는 거대한 원념.

이름도 심플했다.

- 거대해진 원념 Lv. 154

레벨도 150이 넘었다.

순수 레벨만 놓고 본다면 일전에 처치한 본 쿼터 드래곤보다도 높은 셈.

수호는 고개를 들어 녀석의 머리 위를 보았다.

녀석의 머리는 강나루 천장에 거의 닿아 있었는데 아무래도 저기까지 한계인 모양.

'저 이상은 닿으면 안 되나 보네.'

그래.

아무리 난리를 쳐도 선이란 게 있는 법이니까.

그렇기에 수호도 천장을 조심하며 녀석을 상대하기로 했다.

이윽고 거대해진 덩치만큼이나 덩달아 커진 원념병의 검이 수호를 향해 쇄도해 오기 시작했다.

하지만 수호는 피하지 않았다.

오히려 혈검을 들어 방어 자세를 취했다.

궁금했기 때문이다.

원념들이 모여 거대해진 원념은 얼마나 강할지.

이윽고 녀석의 검이 수호에게 쇄도한 순간이었다.

번쩍!

녀석의 검이 수호의 검에 닿은 순간 일순 새하얀 광휘가 폭발했다.

동시에 수호의 검이 커터 칼로 종이 자르듯 거병의 검을 쭉쭉 가르기 시작했다.

-……!

뒤늦게 힘의 차이를 깨달은 거병이 자신의 검을 거두어 들인다.

그러나 자신의 검은 이미 칼자루까지 갈라져 볼품없는 신세가 되었고 거병의 눈은 황당함에 부풀어 있었다.

그 어리숙한 광경에, 수호 역시 한쪽 입꼬리를 끌어 올리며 칼날을 털었다. 마치 식칼에 묻은 물기라도 털어내듯이 말이다.

"덩치만 커졌지 바뀐 건 별로 없구나."

그래도 굳이 바뀐 게 있다면 기존의 원념병들보단 조금 더 단단해졌다는 것 정도?

하지만 차이는 그리 크지 않았다.

기존의 원념병이 풍선을 터뜨리는 느낌이었다면 거병은 두부를 자르는 듯한 느낌이었으니까.

하지만 강철 앞에서 풍선이든 두부든 그게 그렇게 큰 차이가 있을까?

확실한 건 눈앞의 거병은 레벨만 높을 뿐이지 전에 처치한 본 쿼터 드래곤과 비교하면 용의 발톱 때만도 못했다.

수호가 허리춤에 검을 당긴 후 자세를 잡았다.

그리고.

[구름 베기가 발동됩니다.]

번쩍!

스킬 사용과 동시에 거대한 광휘가 번쩍이더니 거병의 목에 새하얀 검선이 생겨났다.

서걱!

깔끔한 절삭음.

그와 동시에 거병의 머리가 아래로 추락하며 잿빛 연기가 되어 스러 흩어졌다.

[거대해진 원념을 처치하셨습니다.]

알림을 본 수호는 미간을 좁혔다.

이런 식이면 오히려 120레벨짜리 원념병들을 한 트럭 사냥하는 게 경험치적인 효율은 더 좋은 것 같았기 때문.

"쯧쯧, 얼른 보스 잡고 나가야겠군."

이후의 과정은 전과 같았다.

이젠 원념병 대신 거병들이 떼거지로 나왔으나 녀석들 중 수호의 홀리 인챈트를 뚫는데 성공한 녀석은 아무도 없었다.

그래도 수확은 있었다.

원념병보단 적지만 그래도 꽤 많은 거병들을 잡는 동안 레벨 하나를 올릴 수 있었으니까.

그렇게 한참 동안이나 앞으로 전진하던 끝에 더 이상 거병들이 보이지 않을 때쯤, 마침내 수호는 원령나루 끝자락에 도달할 수 있었다.

원령나루의 끝은 생각보다 아름다웠다.

여지껏 긴 터널형 수족관을 걷는 기분으로 게이트를 헤쳐 나갔는데 마침내 도착한 보스룸은 걸어온 방향을 제외한 모든 곳이 강의 표면으로 뒤덮여 있었기 때문이다.

참 신비로운 곳이었다.

비록 어두컴컴한 채도에 물고기 한 마리 보이지 않는 곳이었지만 하늘과 벽 대신 감싸고 있는 강 표면은 마치 자신이 진짜 강이라는 것을 증명하기라도 하려는 것처럼 끊임없이 흐르고 있었으니까.

그렇게 보스룸을 감상하고 있을 때였다.

[보스룸에 입장하셨습니다.]

[보스 몬스터가 깨어납니다.]

그제서야 떠오르는 시스템 알림.

이곳은 보스룸이 맞았다.

그리고 시스템 알림이 떠오른 순간 수호가 걸어온 쪽 길이 닫히며 그곳까지 강 표면으로 차오르기 시작했다.

'확실하게 고립시키고 시작하네.'

물이 쏟아지듯 차오르는 출입구는 뒤이어 사위를 어두컴컴하게 만들었다.

그리고 수호의 눈앞에 시커먼 잿빛 원념이 휘몰아치더니 마치 망토로 온몸을 휘감고 있는 드라큘라 같은 형상을 만들어냈다.

번뜩!

그 형상에 동공 없는 보라색 눈빛이 생겨난다.

그리고 녀석의 머리 위에 비로소 네임카드가 생성되었다.

- 원념의 대변자 Lv.159

원념의 대변자.

그것이 이곳 원령나루 게이트 주인의 이름이었다.

그때였다.

휘오오오!!

갑작스레 강풍이 몰아친다.

보스룸 내부 안에 돌기 시작한 강풍은 원념 특유의 잿빛을 동반하고 있었으며 수호의 주위를 빙빙 돌더니 이내 수호를 덮쳤다.

그러나 수호는 가만히 있었다.

지금의 이 과정이 공격이 아니라는 것을 잘 알았기 때문이다.

수호를 덮친 잿빛 원념은 수호의 몸 구석구석을 훑어 쓸었으며 그렇게 징그럽게 들러붙길 얼마간, 원념은 마침내 수호로부터 떨어져 다시 제 주인에게로 돌아갔다.

수호가 녀석에게 스캔 당했던 자세 그대로 서서 원념의 대변자에게 물었다.

"스캔은 끝났냐?"

그 물음에 원념의 대변자는 대답 대신 눈살을 좁혔다.

그러더니 휘감았던 망토의 한쪽을 펼쳤고 펼친 방향 쪽 바닥에서 인간 형상의 실루엣들이 솟아올랐다.

원념의 대변자는 이어서 반대 방향에도 망토를 펼쳤다.

그러자 그쪽에서도 인간 형상의 실루엣 두 개가 치솟았다.

총 네 개의 실루엣.

응축된 원념들은 용오름 치며 점점 인간 형상에 디테일을 더해 갔고 얼마 뒤 마침내 완성품인 '원한병'들을 수호에게 공개했다.

그런데 수호는 원념의 대변자가 만들어낸 원한병들을

보고 자기도 모르게 웃음을 터뜨릴 수밖에 없었다.

"하하, 정말이었네?"

수호가 웃음을 터뜨린 이유.

그건 원념의 대변자가 만들어낸 원한병들이 전생에 수호의 등에 칼을 꽂았던 네 명의 배신자들이었기 때문이다.

미국의 수호성, 알렉스 모건.

일본의 마녀, 스즈키 엔도.

영국의 신궁, 헥스 후드.

러시아의 성녀, 이사벨라 미하일.

심지어 그 형태는 저들이 수호를 배신한 직후였을 때의 모습들이었다.

그럴 수밖에.

원념의 대변자가 가진 능력 중에 하나인 '원한의 재래'는 대상의 가장 어두운 기억을 가져와 그대로 구현해내는 것이었으니까.

그렇기에 녀석이 자신을 스캔할 때 가만히 있었던 것이다.

조금만 참고 기다리면 돈 주고도 못 볼 재미난 광경을 볼 수 있었으니까.

수호가 오랜만에 보는 전우…… 아니, 개자식들의 얼굴을 보며 추억에 잠겼다.

"참 반갑네…… 어쩌면 두 번 다신 못 볼 모습들이었는데."

정말이었다.

원념의 대변자가 만들어낸 저들은 수호의 기억을 토대로 만들어낸 것들로, 현재의 시간선에서는 절대로 볼 수 없는 모습들이었으니까.

'현재의 저놈들은 아직 나라는 존재가 있는 줄도 모르고 있을 테니.'

구경을 마친 수호는 그제서야 천천히 검을 들었다.

이만하면 구경은 충분했다.

이제는 녀석이 만든 작품들을 씹고 뜯으며 제대로 즐겨볼 차례.

수호의 소감이 끝나자 원념의 대변자가 까딱 고갯짓을 한다.

그러자 이제는 친구가 아닌 배신자라 명명된 흑색 배신자들의 머리 위에 각각의 네임카드들이 떠오르며 언데드마냥 안광에 불들이 들어왔다.

- 알렉스 모건 Lv.159

- 스즈키 엔도 Lv.159

- 헥스 후드 Lv.159

- 이사벨라 미하일 Lv.159

녀석들의 레벨은 제 주인인 원념의 대변자와 같았다.

그리고 네 배신자들은 안광에 불이 들어오자마자 누가 뭐라 할 것도 없이 사방으로 재빠르게 흩어지기 시작했다.

그 모습을 본 수호는 다시금 픽 웃을 수밖에 없었다.

'내 기억을 제대로 참고했나 보네.'

배신자 넷과 수호가 한 팀이었던 시절.

그들은 각자의 역할에서 최대한의 효율을 뽑아내기 위해 만든 포메이션들이 여러 개 있었다.

그들은 게이트 공략 때마다 항상 포메이션대로 움직였고 상황에 맞춰 포메이션을 바꿔가며 게이트를 공략했다.

그런데 이젠 비록 가짜이긴 하나 배신자 넷이 수호를 사냥하기 위해 포메이션대로 움직였다.

기분이 이상했다.

허나 마냥 추억에만 잠겨 있을 순 없는 노릇.

수호는 자신을 향해 돌진해 오는 알렉스를 보며 검을 바로 잡았다.

"그래, 이게 가장 기본적인 포메이션 중에 하나였지. 세계 최고의 탱커인 네가 가장 먼저 돌진해서 어그로를 끄는."

황소 같은…… 아니, 그 위압감만큼은 덤프트럭 그 이상의 포스를 자아내는 알렉스를 보며 수호 역시 그를 향해 돌진했다.

그러다 알렉스와 격돌하기 직전, 수호는 일순 허공을 날았다.

마치 서커스 투우를 하듯이 말이다.

아름답게 허공으로 도약한 수호는 나선을 그리며 몸을 회전시켰고 그 과정에서 손아귀에 귀영창을 소환했다.

그리고 도약 스킬을 통해 한 번 더 허공에서 도움닫기를 하며 귀영창을 던졌다.

[투창이 발동됩니다.]

스킬 효과와 함께 던져지는 귀영창.

그렇게 던져진 귀영창은.

콰득!

섬뜩한 피륙음을 내며 무엇인가의 머리를 관통했다.

수호가 던진 귀영창이 관통한 것.

그것은 다름 아닌 영국의 신궁이자 한때 수호의 등에 화살을 박아 넣었던 헥스 후드였다.

Chapter 4

깔끔한 손맛.

제대로 들어갔다.

그 증거로 수호의 눈앞에 시스템 알림들이 떠올랐다.

[그림자 주박이 발동됩니다.]

[그림자 출혈이 발동됩니다.]

[그림자 관통이 발동됩니다.]

원래라면 그림자 관통의 발동 조건은 까다로우나 어둑하기 그지없는 강나루 바닥만큼은 예외였다.

여긴 빛보다 어둠이 더 많은 곳이었으니까.

게다가 헥스의 포지션은 암살과 화살을 이용한 초장거리 견제.

그렇다 보니 포메이션이 발동되면 알아서 가장 음습하고 어두운 곳으로 숨는다.

그 사실을 그 누구보다 잘 알기에 우선은 헥스부터 노린 것이다.

그뿐만이 아니었다.

화아악! 퍼어엉!!

새하얀 광휘의 폭발.

[홀리 인챈트 효과로 '퇴마'가 발동됩니다.]

원한의 재래로 만들어진 원한병들은 원념병들과 마찬가지로 악 속성을 가진 고스트 타입의 몬스터.

아무리 사람의 형체를 띠고 있어도 몬스터는 몬스터였다.

그렇기에 홀리 인챈트가 가진 퇴마 효과 또한 보란 듯이 먹혔다.

휘오오……

꿈틀…… 꿈틀……

홀리 인챈트의 퇴마 효과로 머리가 터진 헥스의 원한병이 잿빛 연기를 흩날리며 바닥에서 꿈틀거린다.

그러더니 이내.

[헥스 후드를 처치하셨습니다.]

놈의 숨통이 끊어졌다.

'한 마리 제압 완료.'

그 순간, 뒤늦게 자신이 농락당했다는 사실을 깨달은 알렉스의 원한병이 수호를 향해 거대한 방패를 들이밀며 다시 한번 거리를 좁혀왔다.

그 모습을 본 수호는 바닥에 착지하자마자 다시 한번 더 하늘을 날았다.

그리고 한 번 더 허공을 밟아 그 어느 때보다도 가장 높이 도약해 강나루 천장까지 도달했다.

허공에 떠오른 수호는 그제서야 체공 상태에서 아래를 내려다보았다.

수호의 시선 끝에는 목표물을 놓쳐 방황 중인 멍청한 황소 한 마리가 보였다.

'그래. 기껏해야 복제품 수준이겠지.'

원한병은 대상의 가장 깊은 분노를 참고하여 만들어졌다고는 하나 그것은 어디까지나 겉모습과 행동 일부분만을 재현해 냈을 뿐이다.

레플리카는 절대로 오리지널을 뛰어넘을 수 없듯 싸구려 원한병 따위는 미국을 대표하는 방패인 알렉스의 진짜 센스까지는 완벽하게 재현해 내지 못 했다.

'진짜 알렉스라면 내가 허공으로 뜬 순간 내 발목을 잡으려 했을 거다.'

그렇기에 수호는 복제품이라고 하기에도 민망한 가짜에게 단죄를 내리기로 했다.

수호가 검을 허리춤으로 당긴 후 일순 격발시켰다.

[구름 베기가 발동됩니다.]

콰아아악!

새하얀 광휘가 폭발하며 멍청한 황소의 머리 위에 기다란 빛줄기가 떨어진다.

황소는 뿜어지는 광량에 뒤늦게 고개를 들었지만 그것이 녀석의 마지막 제스처였다.

녀석이 고개를 들어 올린 순간, 녀석의 몸은 자로 잰 것처럼 깔끔하게 양단 나고 말았으니까.

[알렉스 모건을 처치하셨습니다.]

시스템 알림.

수호는 그것을 가볍게 밀어버린 후 바닥에 착지했다.

그런 다음 시선을 옮겨 어쩔 줄 몰라 하는 멍청한 여인 하나를 보았다.

성녀 이사벨라를 흉내낸 이사벨라의 원한병이었다.

이사벨라의 복제품은 순식간에 동료 둘이 도륙나 버리자 어떻게 행동해야 할지 갈피조차 잡지 못하며 당황했다.

'쯧쯧. 힐이나 버프를 쓰고 싶겠지만 단칼에 죽어 버렸으니 네가 뭘 할 수 있을까.'

서걱!

수호는 검을 휘둘러 녀석의 머리를 잘라 버렸다.

[이사벨라 미하일을 처치하셨습니다.]

이제 남은 가짜 복제품은 단 하나.

수호는 고개를 돌렸다.

그 순간.

화아아악!!

거대한 화염덩어리가 수호를 향해 쇄도했다.

콰아아앙!!

강나루가 떠나갈 듯 울리는 폭음.

스킬을 정통으로 맞았다.

하나 남은 가짜 복제품, 스즈키 엔도의 원한병은 그렇게 생각했다.

그리고 예상은 맞았다.

불길 속에 검은 형체가 있었고 그것은 분명히 수호였다. 하지만.

서걱!

절삭음.

검선보다 먼저 닿은 건 소리였다.

그리고 스즈키가 그것을 인지했을 때는 이미 그녀의 미간을 중심으로 기다란 검흔이 아로새겨져 있었다.

동시에 불길이 갈라지고 그 안에는 그을음이라곤 조금도 찾아볼 수 없는 고고한 자태의 수호가 모습을 드러냈다.

그쯤 스즈키의 신형도 대각선으로 비스듬히 갈라졌다.

[스즈키 엔도를 처치하셨습니다.]

동시에 불길도 사라졌다.

수호는 멀쩡했다.

특별한 조치를 취한 건 없다.

그저 홀리 인챈트의 수호 효과로 인해 성스러운 보호막의 도움을 받았을 뿐.

이것은 애초에 예견된 일이었다.

원한병은 대마법사이자 마녀로 불리우는 스즈키를 따라 했지만 복제해낸 건 겉모습이지 그녀가 쓰는 고유의 마력까지 복제해낸 건 아니었으니까.

그러므로 가짜 스즈키가 뿜은 불꽃은 그 어떤 불꽃보다도 뜨거워 보였으나 그 실상은 악 속성으로 점철된 잿빛 원념이었다.

그리고 악 속성의 원념이 수호에게 통할 리가 없을 터.

수호는 연기가 되어 흩어진 스즈키를 보며 중얼거렸다.

"나중엔 진짜로 베어 주마."

진심이었다.

수호는 그녀가 만든 만독에 중독되었을 때를 떠올렸다.

끔찍한 고통.

두 번 다시 맛보고 싶지 않은 지옥이었다.

그렇기에 수호는 다짐했다.

훗날 스즈키를 만나게 되면 만독보다 더한 맹독으로 그녀에게 복수를 선사하겠노라고.

그런 의미에서 좀 전에 죽은 녀석은 흉내라고 하기에도 뭣 할 만큼 몹시 싱거웠다.

진짜 스즈키였다면 이 사달이 날 때까지 손가락이나 빨며 어울리지도 않는 화염 마법 따윈 사용하지 않았을 테니까.

'아마 대량의 염산을 소환해 끼얹었겠지.'

그녀는 그런 캐릭터였으니까.

이윽고 수호는 시선을 옮겨 원념의 대변자를 보았다.

녀석은 여전히 보랏빛 안광을 번뜩이고 있었는데 어째 그 눈빛이 처량하게 느껴졌다.

수호가 녀석을 보며 말했다.

"뭘 놀란 척 멀뚱거리고 있어? 빨리 다음 페이즈 꺼내, 안 그럼 지금 바로 끝내 버릴 거니까."

- 크륵……!!

원념의 대변자가 이를 부득 간다.

그 말과 동시에 녀석의 안광이 번뜩이고 온몸의 원념이 타오르듯 출렁이기 시작했다.

[원념의 대변자가 크게 분노합니다.]

[원념의 대변자가 원령나루에 존재하는 망자들의 힘을 흡수합니다.]

좌아아!

타오르듯 일렁이는 녀석은 이내 강나루 바닥에 침전되어 있는 이름 모를 망자들의 한을 거두어들이기 시작했다.

그러자 녀석의 덩치가 점점 커져 갔고 망토로 휘감고 있던 비주얼은 이내 멋들어진 갑옷을 걸친 데스나이트의 그것처럼 변신했다.

검은 보이지 않는다.

당연했다.

녀석의 속성은 마법사니까.

페이즈 2로 변신 준비를 마친 녀석은 이내 손을 들어 올렸다.

그러자 놀라운 광경이 펼쳐지기 시작했다.

변신을 마친 원념의 대변자가 마치 분신술이라도 펼친 것처럼 끝도 없이 증식하기 시작한 것.

게다가 늘어난 원념의 대변자들의 손에는 진짜 대변자와는 달리 각기 다른 무기들이 꼭 쥐여져 있었다.

그들은 페이즈 2에 접어든 원념의 대변자가 만든 녀석의 마지막이자 모든 것인, '원념병 군단'이었다.

수호가 고개를 끄덕이며 검을 들었다.

'드디어 그 유명한 십자군의 군세술을 보게 됐군.'

원념의 대변자가 가진 절기이자 십자군이라 불렸던 성기사 플레이어의 시그니처 기술.

그것은 바로 '군세술'이란 이름의 스킬이었다.

자신이 가진 힘을 바탕으로 자신과 똑같은 모습을 한 병사들을 소환해 다루는.

그래서 그에게 십자군이란 별명이 생긴 것이다.

성기사 플레이어가 군세술을 쓰자 전장에 엄청난 수의 성기사들이 소환되었으니까.

그렇기에 수호의 목표 또한 바로 저 군세술이었다.

십자군에겐 미안하지만 그의 군세술 스킬만 있으면 뱀파이어 블러드의 두 번째 권능을 보다 쉽게 해금시킬 수가 있었기에.

이윽고 준비를 마친 원념병들이 누가 먼저랄 것도 없이 일제히 수호를 향해 달려들기 시작한다.

- 그어어어!!

쫓아오는 기세가 실로 맹렬하다.

그래.

적어도 너희가 아까 전의 그 짝퉁 배신자들보다는 나은 것 같구나.

수호는 그리 생각하며 다시금 스킬 무장을 시작했다.

[축복이 발동됩니다.]

[홀리 인챈트가 발동됩니다.]

둘러지는 새하얀 광휘들.

이윽고 첫 번째 원념병이 수호에게 돌진해 무기를 휘둘렀다.

쾅!

묵직한 타격.

첫 번째 원념병의 무기는 해머였다.

수호는 쇄도하는 해머를 혈검으로 막았다.

그리고 씨익 웃으며 녀석을 칭찬했다.

"그래도 보스 쫄다구라고 뭐가 좀 다르긴 하네?"

- 그러러럭!

다시 해머를 드는 원념병.

그 잠깐의 순간, 수호는 들어 올려진 녀석의 양팔 아래 새하얀 검선을 아로새겼다.

화아아악!

그러자 광휘가 터지며.

[홀리 인챈트 효과로 '퇴마'가 발동됩니다.]

- 크허어어어엉!!

첫 번째 원념병이 잿가루가 되어 흩날려 터졌다.

녀석이 아무리 페이즈 2에 진입한 보스 몬스터의 직속 병사라지만 이변은 없었다.

"다음."

수호가 다음 원념병을 향해 검을 휘두른다.

*

시간이 얼마나 지났을까?

보스룸 초입에 있던 수호는 어느덧 보스룸의 가장 끝자락으로 이동해 있었다.

그리고 그 앞에는 모든 걸 잃은 원념의 대변자가 궁지에 몰려 있었다.

이변은 없었다.

수호가 지나온 길에 남은 것도 없었다.

원념의 대변자가 모든 힘을 쏟아부어 만든 원념병 군단은 보기 좋게 수호의 경험치가 되어 두 개의 레벨이 되어 주었으니까.

수호는 저항하지 못하는 원념의 대변자에게 칼끝을 겨누며 말했다.

"이제 더 없지?"

- …….

침묵하는 대변자.

그래.

이만하면 충분하지.

수고했다.

남은 힘 한 방울까지 모조리 쥐어짜내 내 레벨의 양분이 되어 주어서.

그렇기에 수호는 더 이상의 조롱 없이 한 번에 녀석을 그었다.

[강철 자르기가 발동됩니다.]

[홀리 인챈트 효과로 '퇴마'가 발동됩니다.]

발동된 스킬 두 개.

이윽고 녀석의 몸에 기다랗고 새하얀 검선이 아로새겨졌고.

퍼어엉!!

아로새겨진 검흔과 함께 커다랗고 새하얀 폭발이 일어났다.

[원념의 대변자를 처치하셨습니다.]

[게이트가 공략되었습니다.]

[게이트 공략의 MVP는 '안수호' 님입니다.]

[MVP 선정으로 추가 경험치가 제공됩니다.]

[MVP 선정으로 보너스 스탯이 1개 제공됩니다.]

[레벨이 올랐습니다.]

[모든 스탯이 1 올랐습니다.]

[보너스 스탯을 1개 획득하셨습니다.]

원념의 대변자가 처치됐다.

동시에 시스템 알림들이 쏟아졌고 원념의 대변자가 있던 자리에는 녀석의 키만큼 커다란 십자가 하나가 생겨났다.

거대한 십자가.

그것은 강물 아래 잠긴 어느 이름 모를 망자들을 추모하는, 그들을 대변하는 무덤이자 추모의 십자가였다.

수호는 십자가를 얼마간 바라보던 끝에 손으로 십자가를 어루만졌다.

그리고 그들을 위해 진심으로 기도해 주었다.

비록 이곳이 시스템이 만든 거짓된 모형 전장일지라도, 어떤 게이트는 이게 어딘가에 실제로 존재하는 곳을 그대로 복사해서 만드는 경우도 있다는 걸 알기에 혹시 모를 그들을 위해 기도하는 것이다.

그때였다.

[이름 모를 망자들을 위해 기도하셨습니다.]

[원념의 대변자가 당신에게 작은 선물을 전합니다.]

[군세술(A)을 터득하셨습니다.]

군세술 스킬의 획득.

알림을 들은 수호가 천천히 고개를 들어 게이트를 빠져나가기 시작했다.

"게이트 라인이 무너집니다."

게이트 바깥.

수호를 기다리던 사람들은 모니터링 요원의 말에 의해 모두가 눈을 번쩍 떴다.

"공략했다고?"

"진심?"

"S급 마력이면 거의 S급 게이트인데?"

"이야…… 진짜 안수호 클래스 진짜……."

"나 사실 수호사제임."

"너도? 나도."

사실 직전까지 바깥 분위기는 반반이었다.

수호가 패스트 오프닝 기법을 사용해 빨리 게이트를 열어 준 건 둘째치고 게이트 문을 빨리 연 것과 게이트를 공략하는 것 자체는 다른 영역의 문제였으니까.

하지만 그럼에도 절반 정도는 수호를 믿고 있었다.

구관이 명관이라고 이미 봉인 게이트를 몇 개나 공략한 사람이니 기대감이 생기는 것이 당연하지 않겠나.

그리고 지금.

수호는 또 한 번 역사를 써내려 가며 보란 듯이 모두에게 자신의 실력을 증명해 버리고 말았다.

수호가 게이트 밖으로 걸어 나오자 정철민과 손도원, 그리고 뒤늦게 도착해 대기하고 있던 탐사조 인원들이 황급히 달려가 마중했다.

"고생했다, 수호야!"

"이야, 수호 씨 진짜 고생했어요!"

정철민과 손도원의 표정이 밝다.

그럴 수밖에.

새로운 게이트 감지와 새로운 게이트의 안정화만큼이나 중요한 것이 바로 신생 게이트의 공략이었으니까.

그런데 수호가 그중에서도 가장 어려운 게이트 공략을 해주었으니 게이트부 팀장들로서 얼마나 고맙고 뿌듯하겠는가.

수호가 웃으며 말했다.

"다친데는 딱히 없고 안에서 획득한 전리품도 크게는 없었습니다."

"아휴, 이놈 이거 말하는 거 봐라. 자식아! 지금 그런 게 중요해? 네 몸 상태가 제일 중요하지!"

"그래, 맞아요. 어디 그런 게 중요합니까? 그보다 안 다쳤다니 진짜 다행이네. 힐러라서 그런가?"

"예, 자잘한 상처는 제가 직접 치유했습니다. 관련 보고서는 기한에 맞춰 제출하겠습니다."

"하하, 시보 딱지 뗐다고 벌써부터 공무원처럼 말하네? 너 뭐 어디 학원 다니냐?"

정철민의 말에 수호가 웃는다.

이어 정철민이 손도원에게 말했다.

"게이트 공략됐으면 상황 종료지? 관련 보고서는 차후에 천천히 제출할 테니까 우린 먼저 간다?"

"어어, 그래. 다들 고생했는데 먼저들 가봐. 뒷정리는 내가 할 테니."

손도원이 얼른 가보라며 손짓했고 냉큼 자리를 비켜주었다.

계속 자리에 남아 노가리나 까기에는 해야 될 일도 많았고 무엇보다도 아까부터 수호와 정철민을 기다리는 사람들이 있었기 때문이다.

두 사람을 기다리는 사람들.

다름 아닌 탐사조 인원들이었다.

손도원이 자리를 뜨자 정철민이 그제서야 탐사조 인원

들을 수호에게 소개해 주었다.

“양쪽 다 일이 바빠서 이제서야 서로를 소개해 주네. 서로들 인사해. 이쪽은 이번에 우리 팀 부팀장으로 임용된 안수호 부팀장. 이쪽은 탐사조 조장 이원안 주사보.”

정철민의 소개에 수호가 먼저 고개를 숙여 예를 갖췄다.

“안수호라고 합니다.”

“이원안이라고 합니다.”

이후 정철민은 순서대로 네 명의 탐사조 인원들을 소개해 주었다.

이윽고 소개가 끝나자 이원안이 씩 웃으며 말했다.

“드디어 부팀장님을 뵙게 되네요. 그동안 부팀장님 명성 듣고 얼마나 만나뵙고 싶었는지 모릅니다. 근데 그 첫만남을 이런 데서 이렇게나 강렬하게 하게 될 줄이야…….”

이원안은 진심이었다.

그럴 수밖에.

다른 사람도 아니고 그 검신 안수호가 자기 팀 상사로 온다는데 기대가 안 되고 궁금하지 않을 수가 있을까?

하물며 게이트 공략을 두려워하지 않는 역대급 천재 플레이어인데?

수호가 겸손하게 웃었다.

“하하, 아닙니다. 그러는 조장님 말씀도 많이 들었습니다. 탐사조 조장에 필요하면 공략조 조장까지 같이하신다고.”

"아이구 뭐, 저는 사람이 저밖에 없어서 그런 거죠. 저근데……."

말을 잇던 이원안이 은근한 표정으로 정철민에게 물었다.

"그럼 혹시 부팀장님이 이제 탐사조나 공략조 맡아서 운영해 주시는 건가요?"

"그건……."

그의 물음에 정철민이 수호를 보았다.

정확히는 눈치를 보는 것이다.

아직 이것에 대한 이야기가 오간 건 없으니까.

그래서 정철민이 이야기하기 전에 먼저 입을 열었다.

"안 그래도 그 건에 대해서도 한번은 말씀드리려고 했는데 혹시 두 분 다 괜찮으시면 차후에 이 건에 대해서 한번 진지하게 이야기를 좀 나눠보실까요? 제가 지금은 하던 게 있어서……."

하던 것.

특성 퀘스트를 말했다.

그 말에 눈치 빠른 정철민이 얼른 수호의 말을 도왔다.

"그래. 이건 좀 중대한 사안이니 나중에 천천히 이야기하자고. 부팀장은 내가 지금 따로 시킨 게 있는데 그거 처리하다 말고 급하게 S급 게이트 떴다고 해서 여기 온 거거든. 부팀장아, 고생 많았고 보고서는 천천히 써내. 여기도 뒷정리하려면 아직 시간이 좀 걸리니까."

"네, 알겠습니다."

"역시 부팀장님은 발령받으시자마자 엄청 바쁘시네요. 이런 게 능력 있는 사람의 숙명 아닐까요? 하하, 그럼 기쁜 마음으로 기다리고 있겠습니다. 그리고……."

이원안이 품에서 에너지바를 하나 꺼내 수호에게 내밀며 말했다.

"지금 가진 게 이것뿐이긴 한데 다음에 회식 한번 하시면서 찐하게 회포 푸시죠. 그리고 정말 감사드립니다. 부팀장님 덕분에 저희 특관2팀, 간만에 어깨 좀 펴겠어요."

수호는 조용히 에너지바를 받아 들었다.

이건 단백질 함류량이 많은 보통 프로틴바 같은 게 아니었다. 그가 준 에너지바는 현대에 만들어진 플레이어들을 위한 특수한 에너지바였다.

'탐사조 활동이 많이 바쁘긴 한가 보네.'

물론 식사만 제때 챙겨 먹으면 이런 건 필요 없긴 하다만 아무래도 바쁘긴 정말 바쁜 모양.

수호가 에너지바를 받아 들며 말했다.

"감사히 잘 먹겠습니다. 그럼 회식 때 나머지 이야기 찐하게 푸시죠."

"하하, 넵! 그럼 기대하고 있겠습니다!"

장난스레 경례 포즈를 취해 보이는 이원안.

끝으로 수호는 먼저 자리를 나와 주차해 둔 차량으로 이동했다.

'이원안 조장…… 처음 듣는 이름인데 생각했던 것보다 훨씬 더 괜찮은 사람이네.'

그의 말에서 느껴지는 악의는 없었다.

희로애락의 반지를 통해 본 그의 에너지는 긍정적인 화이트였으니까.

수호는 우선 사람들의 시선에서 벗어나기 위해 시동을 걸어 영월루를 벗어났다.

그리고 적당히 인적 드문 곳에 도착했을 때 그제서야 상태창 정리를 시작했다.

'우선은 스탯 배분부터. 상태창 확인,'

[안수호]

- Lv : 110
- 클래스 : 크루세이더
- 특성▲ : <뉴블러드><헤라클레스 후보>
- 근력(O) : 36
- 체력(O) : 12
- 마력(R) : 99
- 감각(R) : 72
- 보너스 스탯 : 4

2차 특성도 발현 못 했는데 벌써 레벨이 110이다.

수호는 우선 보너스 스탯 4개를 마력에 하나 감각에 3개 배분했다.

[마력 스탯이 100이 되었습니다.]

[마력 스탯이 한층 더 성장합니다.]

[축하드립니다! 마력 스탯의 레벨이 올라 오렌지 등급이 되었습니다!]

수호는 상태창을 갱신한 후 다시 재확인했다.

[안수호]

- Lv : 110
- 클래스 : 크루세이더
- 특성▲ : <뉴블러드><헤라클레스 후보>
- 근력(O) : 36
- 체력(O) : 12
- 마력(O) : 1
- 감각(R) : 75
- 보너스 스탯 : 0

상태창을 재확인한 수호의 입가에 미소가 그려진다.

'110레벨에 오렌지 스탯이 3개라.'

아마 전 인류를 통틀어 자기만큼 빠른 성장력을 가진 플레이어는 없을 것이다.

하지만 여전히 모자라다고 생각했다.

자신은 회귀자.

그리고 이번에는 홀로 5대 재앙 게이트를 공략할 생각이었으니 그렇게 생각하면 아직도 모자랐다.

수호가 상태창을 보며 생각했다.

'일단 성장하는 데 급급해서 스탯 관리를 안 하긴 했는데…… 이번에도 통일 특전을 받으려면 지금부터라도 관리해야겠군. 근데…….'

지금부터 관리한다고 해서 통일 특전을 제대로 받아먹을 수나 있긴 한가?

수호는 잠시 계산기를 두드려 보았고 얼마 지나지 않아 이대로 가다간 이번에는 통일 효과를 받기 어렵겠다는 결론에 도달했다.

'습, 보너스 스탯을 무더기로 확보하지 않는 한 거의 불가능에 가깝네.'

정말이었다.

게이트 공략에서 MVP 특전으로 보너스 스탯 하나를 더 받는 것으로는 한참 모자랐다.

통일 특전을 위한 다른 스탯들의 간극을 메꾸려면 결국 대단한 업적이나 위대한 업적 등을 통해 보너스 스탯들을 대량으로 확보해야 했는데 문제는 이젠 그런 업적들을 확보하기가 슬슬 어렵다는 것.

물론 방법이 아예 없는 건 아니었다.

'결국 효율을 위해서라면 방법은 스탯 재분배뿐이군.'

스탯 재분배는 그다지 놀라운 기술이 아니다.

스탯 재분배 외에도 스탯 제거 등과 같이 스탯과 관련된 다양한 방법들이 대격변 후반부에 발견되었으니까.

'고작 통일 효과 좀 받겠다고 애써 획득한 스탯을 버리는 건 멍청한 짓이고…… 그럼 방법은 재분배뿐이군.'

그리고 현시점에서 스탯 재분배를 할 수 있는 방법은 '그 아이템'을 손에 넣는 것뿐.

방법은 알고 있다.

스탯 재분배법 자체는 후반부에 발견됐지만 미분자 강슬기 덕분에 그 아이템의 제작 레시피가 세상에 공개되었었으니까.

수호는 머릿속 스케쥴표에 그것을 입력한 다음 이어서 뱀파이어 블러드의 정보를 눈앞에 띄웠다.

[뱀파이어 블러드]

- 등급 : S+

밤의 귀족들이라 불리운 오리지널 뱀파이어, '로열 뱀피

르'들의 순수한 핏줄.

Lv.1 - 로열 블러드 : 오리지널 뱀피르(S)

Lv.2 - [???] : 잠금 상태.

ㄴ 해금 조건

① 100레벨 달성.

② 혈옥 스킬의 S등급 달성.

Lv.3……

수호는 눈앞에 떠오른 뱀파이어 블러드의 정보를 확인했다.

뱀파이어 블러드의 두 번째 권능을 일깨우기 위한 조건.

그것은 100레벨 달성과 더불어 혈옥 스킬의 S랭크 달성이었다.

'S랭크 달성이라…….'

현재 혈옥 등급이 A등급이니 등급 자체는 하나만 더 올리면 된다.

하지만 C나 B등급도 아니고 무려 S등급이다.

S등급이면 최정상 등급인데 이 등급에 도달한다는 게 어디 말처럼 쉬울까.

그래서 수호는 용혈과 뱀파이어 블러드 중 용혈부터 공략한 것이다.

스킬 랭크를 올리는 것보단 무언가를 처치하는 편이 훨씬 더 쉬웠으니까.

'숙련도 노가다도 방법이라면 방법이지만…….'

단순한 반복 행위로 랭크업을 시키기 위해선 얼마나 많은 행위를 반복해야 할까?

그 목표가 S등급이면 요구되는 경험치의 양이 가늠도 되지 않는다.

그래서 원래는 다른 방법을 통해 스킬 등급을 격상시키려고 했다.

스탯 재분배 아이템처럼 그것을 가능케 해주는 아이템의 존재를 알고 있었으니까.

그런데 이번 영월루 게이트에서 군세술 스킬을 얻게 되면서 선택지가 늘어났다.

'흠.'

어떻게 해야 될까?

잠시 고민하던 수호는 이내 생각을 굳혔다.

'그래. 원래 하려던 계획대로 하자. 그걸 이번에만 만들 것도 아니고 앞으로를 위해서라도 미리 시스템을 좀 구축해 둬야겠어.'

귀찮아서 나중에 하려고 했는데 급한 놈이 우물을 판다고 이번 기회에 싹 처리해 둬야겠다고 생각했다.

그때였다.

위이잉!

울리는 휴대폰.

발신자를 확인한 수호가 전화를 받았다.

"예, 현희 씨."

발신자는 윤현철의 동생, 윤현희였다.

*

전화를 받은 수호는 바로 대전역으로 향했다.

대전역에 도착해 주차를 마친 후 약속 장소로 지정된 카페로 향하자 윤현희가 먼저 도착해 기다리고 있었다.

당연히 역용술을 사용해 일전에 보인 얼굴로 변경하는 것도 잊지 않았다.

수호를 본 윤현희가 인사했다.

"빨리 오셨네요?"

"아, 네. 가까운 곳에 있었거든요. 그보다……."

수호가 자리에 앉으며 말했다.

"정말 마음 정리를 끝내신 건가요?"

"네, 그리고 앞으로 어떻게 살아야 할지도 결정을 내렸습니다."

"어떻게 결정을 내리셨을까요?"

"권유해 주신 대로 서울로 가겠습니다. 그리고 그 전에 저희 오빠부터 만나보고 싶습니다."

그녀의 결정에 수호가 웃었다.

수호가 가장 바라던 결정들이었기 때문이다.

"알겠습니다. 힘든 결정이셨을 텐데 그래도 과감한 선택을 해주셔서 감사합니다. 재산 이전 건은 제가 개인 변호사를 통해 진행시키면 되는 문제고 이제 남은 건 오빠분을 만나뵙는 건데……."

수호가 잠시 고민하더니 물었다.

"혹시 이곳에서의 신변 정리는 다 끝내셨을까요?"

"네, 뭐. 사실 정리랄 것도 없어요. 집은 이미 내놨고 새로 살 곳 정해지는 대로 이사 업체 불러서 짐만 옮기면 돼요."

"직장은요?"

"그것도 말씀드렸어요. 다행히 너무 감사하게도 이해해 주시더라고요."

"그래요?"

생각했던 것보다 더 바르게 신변 정리가 끝나 있다.

수호는 잠시 고민하더니 고개를 끄덕였다.

"알겠습니다. 그럼 저도 오빠분 만나 뵐 수 있게 준비를 좀 해야 하니 조금만 기다려 주세요. 저도 연락받자마자 바로 온 거라서요. 그동안 떠나실 채비하시고 주변에 인사나 좀 하고 오실래요?"

"얼마나 걸리세요?"

"최대한 빨리 준비하겠습니다. 근데 너무 오래는 안 걸릴 겁니다. 아무리 늦어도 내일 안에 끝내겠습니다."

"알겠습니다."

수호는 윤현희를 먼저 보낸 후 최윤에게 전화를 걸었다.

- 왜요?

"제가 지금 대전에 와 있는데 도움이 좀 필요합니다."

- 대전요? 대전은 왜…… 아니지, 이런 거 묻지 말라고 했었지. 어떤 도움요?

"그게……."

수호는 최윤에게 필요한 것들을 말해 주었고 최윤은 고개를 끄덕이더니 이내 대답했다.

- 30분 내로 다시 전화줄게요.

"알겠습니다."

통화가 종료됐다.

이제 남은 건 기다리는 것뿐.

수호가 여유롭게 자리에 앉아 커피를 마시고 있자 얼마 뒤 최윤으로부터 다시 전화가 왔다.

- 그쪽 폰으로 번호 하나 전송했어요. 그리로 전화하세요. 미리 이야기해 뒀으니 결제는 그쪽에 직접 하시면 됩니다.

"고마워요."

수호가 도착한 번호로 전화를 건다.

*

시간이 얼마나 지났을까?

사실 윤현희는 주변 정리랄 게 없었다.

집은 부동산에 이야기하면 됐고 근무하던 냉면집 사장님과는 충분히 이야기를 마쳤으니까.

전남편따라 온 대전에는 친구나 아는 사람이 하나도 없다.

게다가 굉장히 오랜만에 가져 본 자유시간.

쉬는 날 뭘 하고 살았는지 기억조차 안 난다.

그래서 한참을 고민한 끝에 윤현희는 다시 냉면집으로 향했다.

"뭐야? 왜 왔어?"

냉면집 사장 이계복이 의아한 표정으로 윤현희를 반긴다.

그 말에 윤현희가 웃으며 외투를 벗고 앞치마를 둘렀다.

"그냥 시간이 비어서요."

"아니, 시간이 빈다고 여길 다시 온 거야? 앞치마는 왜 또 입어?"

"일손 좀 도와드리게요. 요즘 바쁘잖아요. 별스타에 그 사진 뜨고 난 후로."

별스타에 그 사진.

수호가 서울 가는 열차에서 별스타에 올렸던 가게 음식 사진을 말했다.

이계복으로선 참 희한한 일이었다.

자기는 따로 광고를 한 적도 없고 위치가 위치이다 보니 자기 가게에는 유명 인사나 인플루언서가 찾아오지도 찾아온 적도 없다.

그런데 그런 곳에 다른 사람도 아니고 국내에서 가장 핫한 검신이 왔다 갔다니?

내가 나이를 좀 먹었겠소로니 그런 유명 인사의 방문을 놓쳤을 리가 없었다.

하지만 아무리 생각해도 검신을 본 기억이 없고 직원들도 모른다고 했다.

그러나 그의 별스타에는 떡하니 우리 가게 음식들이 맛집 게시글로 박제되어 있고 심지어 '검신세트'라는 이름의 음식 조합도 생겨 가게는 문전성시가 되었다.

"아무튼 할 게 없어서 도와드리러 온 거에요."

"아휴, 됐어! 떠난다고 정리한 애를 내가 또 어떻게 일을 시켜?"

"저기요!"

"네에~!"

그러나 윤현희는 대답 대신 손님의 호출에 서빙을 나갔다.

그 모습을 본 이계복이 황당하다는 듯 고개를 젓는다. 그러면서 헛웃음을 터뜨렸다.

"참 나…… 참 너도 너다."

그리고 이계복도 다시 서빙을 시작했다.

*

영업시간이 종료됐다.

가게는 마감됐고 이계복은 직원들을 모두 퇴근시킨 후 윤현희와 함께 가볍게 술상을 차렸다.

"그래서, 그 사람 연락올 때까지 기다려야 한다고?"

"네."

"바람처럼 와서 바람처럼 사라지네. 참 희한한 사람이야."

"저도 그렇게 생각하긴 하는데⋯⋯ 본 게 있으니까요."

이계복은 윤현희에 대해 알 만큼 아는 사람이었다.

오지랖이라면 오지랖이겠지만 그녀는 자신의 직원들을 자기 가족처럼 케어해 왔으니까.

그래서 윤현희도 처음엔 자신의 처지가 부끄러워 아무런 말도 못 했지만 예전에 사채업자로부터 보호받은 이후론 그녀를 완전히 따르게 되었다.

두 사람은 한참이나 술을 주고 받았다.

처음 여길 관둔다고 했을 땐 차 한 잔 나누며 사정을 전달한 게 전부였다. 바쁜 사람 붙잡고 투정이나 늘어놓고 싶지 않아서.

그런데 수호 때문에 갑자기 시간이 비어 이런 자리가 만들어졌다.

그래서 윤현희는 내심 수호에게 고마움을 느꼈다.

얼큰하게 취한 이계복이 말했다.

“후…… 이년아…… 서울 가서는 고통받지 말고 행복하게 살어…… 이번이 너희 오빠가 준 마지막 기회다 생각하고…….”

윤현희는 이계복에게만큼은 모든 사실들을 털어놓았다.

그녀를 믿고 따랐으니까.

그리고 그녀가 믿는 것처럼 이계복은 윤현의 오빠가 어떤 사람인지를 들었음에도 전혀 비난하거나 손가락질하지 않았다.

도리어 윤현희와 마찬가지로 윤현철을 걱정하고 가여워했다.

그녀의 잔소리 아닌 잔소리에 윤현희도 웃으며 말했다.

“저도 그러고 싶어요. 근데…… 오빠가 교도소에 있는데 저 혼자 어떻게 행복하게 살겠어요?”

“그렇다고 불행하게 살 거여? 그러면 넌 너희 오빠를 두 번 죽이는 거여. 절대 그러면 안 되야. 그러니…….”

쿵!

결국 취기를 이기지 못 한 그녀가 먼저 테이블 위로 골아 떨어져 누웠다.

윤현희는 그런 이계복을 얼마간 보더니 픽 웃으며 잔에

담긴 술을 마저 비웠다.

그때였다.

톡톡-

가게 유리창 바깥.

누군가 유리창을 두드렸다.

수호였다.

"수호 씨?"

윤현희가 얼른 가게 문을 열어주자 수호가 조심스럽게 들어오며 말했다.

"좀 쉬시지. 정말 일하셨어요?"

"하하…… 생각해 보니 제가 딱히 갈 곳이 없더라고요."

수호에겐 미리 문자를 해두었다.

만약 자정 전에 일이 끝난다면 자긴 여기 있을 테니 이곳 냉면집으로 오라고 말이다.

그래서 온 것이다.

윤현희가 물었다.

"식사는 하셨어요?"

"네, 뭐. 그보다 시간이 좀 늦은 것 같은데 여유 있게 내일 출발하시겠어요? 전 차를 가지고 와서 어차피 기차는 못 타거든요."

"청송으로 바로 가시죠?"

"네, 그럴 예정입니다."

"그럼 시간도 늦었으니 내일 오전이나 점심때까지 청송역으로 갈게요. 거기서 택시 타면 청옥 교도소로 갈 수 있죠?"

"그렇긴 한데 그냥 연락 주시면 제가 픽업 오겠습니다. 좀 더 빨리 모시러 오고 싶었는데 준비할 게 많다 보니 좀 늦었습니다."

"아, 아니에요. 이렇게 도와주시는 것만 해도 엄청 감사하게 생각하고 있어요."

"알겠습니다. 그럼 내일 뵙겠습니다."

수호는 예의를 갖춰 인사한 다음 먼저 자리에서 일어났다.

지금 바로 그녀를 데리고 가는 것보단 냉면집 사장님과 해장 겸 마지막 식사라도 하고 오는 게 좋을 것 같아서.

부웅!

수호의 차가 청옥 교도소로 향한다.

*

"오셨습니까."

청옥 교도소에 도착하자 부장 교도관 황세돈이 수호를 마중 나왔다.

수호 혼자서 왔다고 교도소장이 안 나온 게 아니다.

미리 연락을 해서 나오지 말라고 했다.

'정식으로 온 것도 아닌데 굳이 요란하게 교도소장까지

나오라 할 필요는 없지.'

사람마다 다르겠지만 보통의 사람들은 권력자가 친절하게 행동하면 평소보다 배는 감동한다.

그리고 청옥에서 수호는 상급기관에서 온 권력자 신분.

그래서 일부러 김길연 보고 나오지 말라고 한 것이다.

그럼 김길연은 수호를 좋게 볼 것이고 웬만한 일처리는 수월하게 진행될 테니까.

그 증거로 김길연 대리로 나온 황세돈 부장 교도관이 수호에게 납작 엎드리듯 행동했다.

"말씀하신 재소자들은 저번에 그 접견실에 각각 준비시켜 놨습니다."

"알겠습니다. 그럼 우선 김궁원 재소자부터 보도록 하죠."

황세돈의 안내를 받은 수호는 일전에 이용한 그 접견실에서 김궁원을 만날 수 있었다.

수호가 접견실에 들어오자 김궁원이 벌떡 일어나 예를 갖췄다.

"큰형님 오셨습니까!"

"응?"

깍듯한 김궁원의 태도.

이놈 봐라?

그새 왜 이렇게 변했어?

수호가 피식 웃으며 물었다.

“뭐가 많이 변했다? 왜 안 하던 짓을 하고 그래?”

“아닙니다. 그때는 제가 생각이 짧았습니다.”

“알긴 아는 모양이네. 근데 내가 왜 큰형님이야?”

“당연히 형님이 제일 큰형님이시죠. 저희 모두 큰형님 말씀대로 움직이고 있으니까요.”

“그럼 윤현철 씨는 뭐라고 부르는데?”

“그냥 형님이라고 부르고 있습니다. 하지만 형님과 이야기할 땐 작은형님이라 칭하도록 하겠습니다.”

큰형님과 작은형님이라.

수호가 피식 웃으며 물었다.

“그래서, 요즘 좀 어때?”

“말씀하신 것들을 잘 지키며 열심히 임무 수행 중에 있습니다.”

“보고해 봐.”

“일단 큰형님이 바라시던 대로 작은형님이 청옥의 왕이 되었습니다.”

“벌써?”

“사실 조광호 아니면 윤현철이 청옥에서 가장 강력한 존재인데 조광호가 그렇게 됐으니 예정된 수순이죠.”

그건 맞다.

그래서 일부러 조광호를 그렇게 만들고 간 것이니까.

수호가 물었다.

"조광호는 좀 어때?"

"완전히 병신 나가리 동네북이 됐습니다."

"병신 나가리 동네북?"

"한쪽 발도 절어, 뭘 제대로 쥐지도 못 해. 근데 평소에 사람 괴롭힌 업보는 가득해…… 그 사실이 알려지자마자 다들 기다렸다는 듯이 조광호를 돌려까기 시작하는데 그렇다 보니 병신 나가리 동네북이 된 겁니다."

"자살 안 하게 관리 잘해. 그놈은 유병장수해야 할 팔자야."

"옙, 명심하고 또 명심하겠습니다. 그리고 그 외에는……."

김궁원의 보고가 이어질수록 수호는 흡족함에 고개를 끄덕일 수밖에 없었다.

그도 그럴 게 재소자들 정권이 바뀌자 청옥에 많은 변화가 일어났기 때문이다.

그것도 수호가 바라는 대로 말이다.

"……그래서 다들 숨죽이고 살고 있습니다. 허튼짓하면 작은형님이 바로 응징해 버리니까요. 그래서 교도관들이 아주 좋아하고 있습니다. 일이 아주 편해졌다고요."

"그래, 공무원분들 다 힘들게 일하시는 분들이야. 그분들 괴롭히면 안 돼. 자, 그럼 보고는 그쯤이면 될 것 같고……."

수호는 접견실 카메라가 꺼진 걸 한 번 더 확인한 후에야 마저 말을 이었다.

"내가 여기에 온 건 다른 시킬 게 있어서야."

"다른 시킬 거요?"

"응."

"어떤 거요?"

"일단 내가 윤현철 대신 청옥에서 좀 지내 볼까 해."

"……네?"

수호의 말에 김궁원의 눈이 지진이라도 난 것처럼 떨리기 시작한다.

"대, 대신 지내신다뇨?"

"말 그대로야. 내가 여기서 할 게 좀 있거든. 그러니 내가 윤현철인 척 여기서 지내는 동안 넌 상황에 맞춰서 내 보조를 좀 해."

수호의 말에 김궁원이 여전히 이해하지 못 하겠다는 듯 미간을 좁혔다.

말 자체는 이해했다.

하지만 어떻게?

김궁원의 반응에 수호가 말했다.

"역시 이해를 못 하는 건가."

백문이 불여일견.

수호는 제자리에서 즉석으로 역용술을 사용하기 시작했다.

구현해 낸 얼굴은 윤현철의 얼굴.

실시간으로 바뀌어 가는 수호의 얼굴을 본 김궁원의 입이 점점 벌어지더니 마침내 김궁원의 얼굴이 완성되자 김궁원의 눈은 벌어진 입만큼이나 커져 있었다.

"이, 이게 무슨 말도 안 되는……."

"대충 이런 식으로 진행할 거야. 아무튼 이제 알아들었지?"

"아, 알겠습니다!"

"그래도 혹시 모르니 보험 하나만 걸자."

"보험요?"

말을 마친 수호가 자리에서 일어나 김궁원 몸의 혈자리 몇 개를 눌렀다.

[점혈이 발동됩니다.]

스킬 발동 알림이 뜨자 수호가 품에서 껌 하나를 꺼내 내밀었다.

"먹어 봐."

"……?"

일단 먹으래서 먹었다.

그런데.

"어, 어?"

커지는 김궁원의 눈.

그럴 수밖에.

수호가 준 껌을 씹는데 아무런 맛도 안 났기 때문이다.

"미각을 묶었다. 다시 나갈 때쯤 원복시켜 줄 테니까 평생 미맹증으로 살기 싫으면 잘 협조해."

"아, 아니 형님. 저 못 믿으세요?"

"너 같으면 너를 믿냐?"

"와, 말씀 진짜 섭섭하게 하신다."

"진짜 섭섭하게 뭔지 보여 줘?"

"아, 아뇨. 아닙니다, 형님."

"웃어 줄 때 잘해. 참고로 혓바닥 말고 아랫도리도 같이 묶었으니까 괜한 짓 안 하는 게 좋을 거야."

"아, 아랫도리를 묶다뇨?"

"궁금하면 밤이나 아침에 한번 확인해 봐."

"혀, 형님!"

"시끄럽고, 남은 기간 동안 보조 잘해라. 일 잘하면 나갈 때 영치금 넉넉히 넣어 줄 테니까."

"……예."

이 정도면 보험으로는 충분하다.

삼대욕구 중 두 개를 제한시켰는데 어떻게 배신하겠는가?

물론 수호에 대한 증오가 커서 그정도 리스크를 감안하고도 사고치려면 칠 수야 있겠지만 수호는 녀석의 깜냥을 알았다.

'무기징역도 아니고 몇 년만 참으면 나올 놈이 이 짧은 기간을 못 견딜까.'

수호는 김궁원에게 한 번 더 주의를 준 후 다음 접견실로 향했다.

다음 접견실.

그곳에는 윤현철이 있었다.

수호가 웃으며 그를 반겼다.

"오랜만입니다."

"예, 오랜만입니다."

"안 본 새 표정이 많이 좋아지셨네요."

틀린 말은 아니긴 했다.

불만과 무심경으로 가득해 있던 그의 얼굴은 여전히 무섭게 생기긴 했지만 그래도 전과는 달리 약간의 여유가 보였으니까.

그가 무심히 말했다.

"그냥 뭐 똑같습니다."

"하하, 현철 씨가 그렇다면 그런 거겠죠. 그럼 이제 슬슬 용건을 알려 드리자면……."

수호가 품에서 안대를 하나 내밀며 말했다.

"잠시 착용해 주실래요?"

"안대는 왜요?"

"잠시면 됩니다. 깜짝 서프라이즈로 보여 드리고 싶은 게 있거든요."

"……?"

수호의 말에 윤현철이 고개를 갸웃한다.

그러나 다른 사람도 아니고 수호의 요청이기에 순순히 안대를 착용했다.

그가 안대를 착용하자 수호가 자리에서 일어나 그를 일으켰다.

그런 다음 천천히 그를 잡아 뒤로 끌기 시작했다.

"……지금 뭐 하시는 겁니까?"

"잠깐이면 됩니다."

그렇게 뒤로 몇 걸음 걷자 수호가 말했다.

"이제 안대 벗으셔도 됩니다."

"……?"

대체 무슨 차이야?

윤현철은 그리 생각하며 안대를 벗었다.

그런데.

"……!"

윤현철의 눈이 접시만큼 커졌다.

그럴 수밖에.

분명 조금 전까지만 해도 자신은 접견실에 있었다.

그런데 지금 그의 눈앞은 접견실이 아닌 다른 곳이 펼쳐져 있었다.

"여긴……."

카페.

그래…… 여긴 마치 카페를 연상케 했다.

아니, 카페였다.

카페를 너무 오랜만에 와 봐서 순간 못 알아볼 뻔했지만 인테리어나 분위기를 봤을 땐 여긴 자기가 아는 커피 파는 그 카페가 맞았다.

그가 놀란 눈초리로 수호에게 물었다.

"……뭘 어떻게 한 겁니까?"

"요술을 좀 부려 봤습니다."

"요술요?"

"예, 근데 아직 제 요술은 끝나지 않았습니다. 일단 저쪽으로 함께 가시죠."

수호는 윤현철과 함께 카페에서 가장 끝쪽에 위치한 방으로 향했다.

윤현철은 당황스런 표정을 지으면서도 일단 수호가 시키는대로 함께 이동했다.

그런데 끝방 앞에 도착한 순간, 윤현철은 자기도 모르게 몸이 뻣뻣하게 굳고 말았다.

"오……빠?"

여자의 목소리.

그 목소리의 정체는 다름 아닌 윤현희였다.

윤현희를 본 윤현철은 그대로 얼어붙었다.

이건 꿈인가?

아니면 허깨비?

아니, 이건 놀랍게도 현실이었다.

"……오빠!"

결국 참지 못 한 윤현희가 윤현철에게 안긴다.

윤현철은 저항도 못 하고 윤현희를 안아 받아 주었다.

그리고 본능적으로 깨달았다.

이 목소리.

이 온기.

그래.

맞구나.

내 동생.

세상에 단 하나뿐인 내 동생.

너무 오랫동안 떨어져 지냈지만 본능적으로 알 수 있었다.

이 아이가 바로 내 동생 현희라는 걸.

그렇기에 윤현철은 자기도 모르게 그녀를 안아 떨리는 손으로 그녀의 등에 손을 얹었다.

옷 위로 느껴지는 동생의 떨림.

그녀는 그렇게 윤현철의 품의 안겨 한참을 울었다.

보고 싶었다며.

너무 보고 싶었다며.

그리고.

"……미안해, 정말 미안해."

윤현철 역시 복잡한 감정이 터지며 눈물을 보일 수밖에 없었다.

그러다 일순 수호의 존재가 떠올랐다.

눈물을 흘리던 윤현철은 고개를 번쩍 들어 수호가 서 있던 방향을 보았다.

수호는 문앞 그대로 서 있었다.

"당신……!"

윤현철의 말에 수호가 얼른 양손바닥을 보이며 어색하게 웃으며 말했다.

"미안합니다. 이게 최선이었어요."

"내가 그렇게 부탁했는데……!"

그 순간, 윤현희가 윤현철을 붙잡으며 말했다.

"하지 마."

"……뭐?"

"내가 만나게 해 달라고 한 거야. 그러니까 뭐라고 하지 마. 뭐라고 할 거면 나한테 뭐라고 해."

"……."

침묵하는 윤현철.

그러나 그는 이내 동생의 요청을 받아들일 수밖에 없었다.

"……그래, 알겠다."

다행이었다.

솔직히 말해 뺨 한 대는 맞을 각오로 데리고 온 것이었으니까.

그 틈에 수호가 얼른 준비해 온 테이크아웃 커피를 꺼내며 말했다.

"일단 앉아서 이야기하실까요?"

수호의 제안에 조용히 고개를 끄덕이는 윤현철.

윤현희도 따라 앉았다.

다행이었다.

사실 윤현철이 화낼 수도 있다고 생각했다.

윤현철은 자신의 상황을 끝까지 알리지 않았으면 했으니까.

하지만 수호는 별로 그 부탁을 들어주고 싶지 않았다.

윤현철은 자신의 계획을 위해서 일부러 캐스팅한 사람이고 세상이 게이트로부터 구원될 때까지 끝까지 자신의 곁에 남아 자신을 도와야 하는 사람이었다.

그래서 수호는 그가 진정으로 행복하길 바랐다.

세상이 완전히 구원될 때까지 얼마나 오랜 시간이 걸릴지도 모를뿐더러, 설령 게이트가 모두 공략되어 세상이 구원되어도 그 후에도 영원히 행복하길 바랐으니까.

그래서 이런 방법을 택한 것이다.

결국 근본적인 문제를 해결하기 위해선 문제를 정면으로 부딪혀 직접 해결하는 수밖엔 없었으니까.

물론 확률은 반반이라고 생각했다.

그래서 혹시 모를 상황에 대비해 차선책을 준비해 뒀다. 희로애락의 반지라는 차선책을.

혹여나 그가 분노하거나 슬퍼하면 희로애락의 반지로 진정시키고 대화를 시도해 볼 수 있었으니까.

'반지부터 안 쓰길 참 잘했지.'

특별한 경우가 아니면 수호는 반지부터 쓰는 짓은 별로 하고 싶지 않았다.

어쨌든 희로애락의 반지는 사람의 감정을 강제로 조절하는 도구였으니까.

그래서 윤현철을 데려오기 훨씬 전에 윤현희에게 모든 진실을 고백했다.

그녀에게 진짜 얼굴도 보여 주었고 자신이 어떤 사람인지, 윤현철에게 어떤 부탁을 했는지도 모두 말해 주었다.

세상에 영원한 거짓말은 없었기에.

그녀는 큰 충격을 받았다.

하지만 이내 모든 걸 이해한다는 듯 고개를 끄덕였다.

"그럼 냉면집 사진도 수호 씨가 올린 거였군요?"

"네, 너무 맛집이라."

"참 나……."

그리고 그녀는 웃었다.

오히려 모든 사실을 알게 된 것에 대해 후련해 보이기까지 했다.

그래서 그녀의 도움을 받을 수 있었던 것이다.

수호는 커피를 나눠 준 뒤 한동안 자초지종에 대해 설명했다.

그리고 모든 설명이 끝났을 때쯤, 윤현철은 얼마간 침묵하더니 이내 고개를 끄덕였다.

"……알겠습니다. 수호 씨의 선택과 판단을 존중하겠습니다. 그리고 고맙습니다. 아무리 거래였어도 제 동생을 도와주신 것에 대해서."

"아닙니다. 한배를 타기로 했으면 이 정도는 당연히 해야 하는 일이라고 생각합니다. 그래서 말인데…… 말씀드린 김에 제안드리고 싶은 게 하나 더 있습니다."

"제안이요?"

"예, 제안이요. 이 역시 보통 제안은 아닌데 왠만하면 수락해 주셨으면 좋겠습니다."

"……?"

무슨 부탁을 하려고 하길래 이리 겁을 주는 걸까?

그러나 윤현철의 고민없이 대답했다.

"뭔진 모르겠지만 하겠습니다."

"감사합니다. 그럼 한동안 동생분이랑 여행이나 좀 다녀와 주실래요?"

"……예?"

윤현철은 순간 자신의 귀를 의심했다.

여행?

나 사형수인데?

그러나 수호는 진심이었다.

“겨우 한두 시간이나 몇 번의 접견으로는 두 분의 회포를 모두 풀 수 없다고 생각합니다. 그러니 이번 기회에 며칠만 여행을 좀 다녀오시죠. 신분이 신분이시니 만큼 해외는 어렵고 국내로다가요.”

“진심이십니까?”

“예, 물론 이번 일정은 교도소도 모르는 비공식 일정입니다. 현철 씨가 자리를 비우는 동안 제가 여기 대신 있을 거거든요.”

“수호 씨가요?”

“예, 한번 보실래요?”

수호는 즉석에서 역용술을 사용해 윤현철과 똑같은 얼굴을 만들었다.

그런 다음 준비해 온 아이템을 착용하기 시작했다.

그것은 바디 슈트의 일종으로 일전에 최윤이 착용했던 의태 가면과 비슷한 종류의 아이템이었다.

이름은 머슬 스킨.

머슬 스킨을 착용하고 이것저것 입력값을 넣자 수호의 몸이 윤현철과 비슷한 크기로 부풀었다.

그러자 겉으로 보기엔 누가 봐도 윤현철이라 생각될 만

큼 완전히 똑같은 외형이 완성되었다.

여기에 목소리를 변조시키는 아이템까지 사용해 주면……

"아아."

성대 변조 아이템까지 착용하자 수호는 완벽한 윤현철이 될 수 있었다.

수호의 변신을 본 두 사람이 휘둥그레 놀란 눈으로 수호를 보았다.

"이, 이게 무슨……."

"헐 대박……."

수호가 씩 웃으며 말했다.

"제가 청옥 재소자들한테 볼일이 좀 있거든요. 그래서 한동안 현철 씨 모습으로 청옥에서 대신 좀 지낼까 하는데 이것이 제가 요청드리는 제안입니다. 제가 윤현철로서 청옥에서 볼일을 보는 동안 현철 씨는 동생분과 좋은 시간 가지세요. 아, 물론 저희 신분이 신분이다 보니 현철 씨한테 약간의 조치는 취할 테지만요."

"조치요?"

"예를 들어 이런 조치요."

수호는 손가락을 들어 윤현철의 혈자리를 몇 군데 눌렀다.

그러자 얼마 뒤 윤현철의 눈이 휘둥그레 커졌다.

자신의 몸 몇 곳에 힘이 안 들어갔기 때문이다.

수호가 말했다.

"손목에 찬 구속구 때문에 어차피 마력과 스킬 사용은 불가하시니 물리적인 제한을 좀 뒀습니다. 이 정도면 일상 생활에는 지장이 없지만 남을 해한다거나 그런 건 못 하실 테니까요. 우린 한배를 탔지만 그래도 만약이란 게 있으니 이 정도 절차는 이해해 주세요. 물론 이외에도 얼굴도 바꿔 드릴 겁니다. 적어도 여행은 자유롭게 다니셔야죠."

윤현철이 황당하다는 듯 웃는다.

그러나.

"알겠습니다. 그렇게 하겠습니다."

그는 이내 시원하게 수호의 제안을 수락했다.

사실 윤현철에게 나쁜 제안은 아니었다.

이미 사형수 신분인 그였기에 설령 수호가 청옥에서 사고를 친다고 해도 더 나락으로 떨어질 일도 없었으니까.

'사형이 없는 나라에서 사형수한테 무기징역 이상의 형벌은 없으니.'

그의 시원한 결정에 수호가 감사 인사를 표했다.

"시원한 결정, 감사드립니다."

"아닙니다. 그럼 언제부터 지내실 예정이십니까?"

"나가서 접견이 끝나는 대로 바로 시작할 예정입니다. 그래서 말인데, 지금부터 바로 작업을 좀 시작해야 될 것 같습니다."

"아까 말하신 얼굴 바꾸기 같은 작업요?"

"예, 그런 작업요."

윤현철이 고개를 끄덕이자 수호는 바로 작업을 시작했다.

시작은 역용술을 활용한 외형 변화였다.

스킬 사용이 이루어지자 그는 특유의 무서운 얼굴이 아닌 사람 좋아 보이는 선량한 얼굴로 바뀌었다.

그 모습을 본 윤현희가 풋 웃었다.

"이 얼굴이 훨씬 나은 것 같아, 오빠."

"……낫긴 뭐가 낫냐."

그리 말하면서도 윤현철이 웃는다.

오랜만에 동생을 만나서 그런지 그동안 그를 옭죄고 있던 무거운 감정들을 좀 떨쳐 낸 느낌이었다.

수호는 이외에도 손목의 구속구를 손목시계처럼 보이게 하는 스킨 아이템 등을 꺼내 그를 완전히 다른 사람처럼 보이게 만들었다.

모두 최윤을 통해 구한 것이었다.

"이 정도면 기본 준비는 충분한 것 같네요. 그럼 이제 저도 준비를 해야 하니 잠시 자리를 좀 비우겠습니다. 그동안 두 분이서 편하게 이야기 나누고 계세요. 참고로 여긴 통째로 빌려서 저희밖에 없으니 대화는 조심 안 하셔도 됩니다."

수호는 인사를 마친 후 카페 바깥으로 나왔다.

'얼른 준비해야겠군.'

수호는 시선을 옮겨 카페 주변을 둘러보았다.

텅 빈 카페 주변.

평범한 길거리를 연상케 하는 이곳은 놀랍게도 감옥 밖 외부가 아니었다.

이곳의 위치는 다름 아닌 수호의 아공간 하우스 내부였다.

수호가 실제 거리처럼 잘 꾸며진 주변 환경을 보며 만족스러움에 고개를 끄덕였다.

'역시 기술자들이 대단하긴 해.'

대전역에 갔을 때 수호가 최윤에게 요청한 도움은 다름 아닌 건축 기술자들의 섭외였다.

정확히는 스킬과 특성으로 뚝딱 건축물들을 지을 수 있는 사람들을 말이다.

그래야 두 사람이 이곳이 아공간 하우스인 줄 모를 테니.

수호는 다른 건 몰라도 가까운 지인들에게도 아공간 하우스에 대한 존재 만큼은 밝히지 않았다.

아공간 하우스는 수호가 활용할 수 있는 비장의 히든 카드들 중에 하나였으니까.

그래서 좀 번거롭지만 이런 일을 벌인 것이다.

카페에서 나온 척한 수호는 바로 아공간 하우스에서 나와 다시 접견실로 복귀했다.

텅 빈 접견실.

수호가 손을 휘저어 스킬 하나를 발동시켰다.

[군세술이 발동됩니다.]

발동된 스킬은 군세술.

수호는 군세술 스킬의 정보를 떠올렸다.

[군세술]

- 등급 : A

마력을 소모하여 자신과 외형, 행동 등이 같은 분신병들을 소환한다.

분신병들은 약간의 이지를 가지고 있으며 소환자가 부여한 능력만큼의 힘을 가진다.

마력을 소모하여 분신병과의 위치를 교환하는 분신 이동의 사용이 가능하다. 이때 소모되는 마력은 거리에 비례한다.

십자군이 가졌던 군세술 스킬.

이번에는 수호가 가졌다.

수호가 군세술을 발동시키자 수호와 똑닮은 수호의 분신병 하나가 모습을 드러냈다.

"잘생겼네."

수호는 자신의 첫 분신병을 얼마간 구경하던 끝에 윤현철에게 했던 것처럼 자신의 분신병을 윤현철처럼 바꾸기 시작했다.

변장은 완벽했다.

이때를 대비해 변장 아이템은 넉넉하게 챙겨 왔으니까.

수호는 이어서 자신도 윤현철 변장을 없앤 후 분신병에게 의념으로 해야 될 일을 전달했다.

그런 다음 황세돈을 호출해 말했다.

"접견 끝났습니다. 재소자들 다시 돌려보내시고 전 이만 가 보겠습니다."

"알겠습니다. 입구까지 모시겠습니다."

수호가 자리에서 일어나자 이윽고 교도관들이 윤현철을 데리고 수감동으로 사라졌고 수호는 황세돈의 에스코트를 받으며 여유롭게 청옥을 나설 수 있었다.

그리고 청옥을 나선 후, 수호는 차를 몰고 청옥 교도소로부터 멀찍이 떨어졌다.

그러다 강 풍경이 괜찮은 적당한 곳에 도착하자 수호는 다시 아공간 하우스에 입장해 카페로 들어갔다.

"하하, 그랬어?"

"그래! 내가 그때 진짜 얼마나 울었었는데!"

두 사람이 있는 끝 방으로 향하니 두 사람의 화기애애한 대화 소리가 들린다.

회포를 잘 풀고 있는 모양.

수호가 웃으며 말했다.

"오래 기다리셨습니다. 준비 끝났으니 바로 이동하실까요?"

"아, 그럴까요?"

두 사람은 커피도 거의 마시지 않았다.

그만큼 밀린 이야기들이 많았으리라.

수호는 두 사람에게 안대를 건넸다.

그것을 본 윤현희가 물었다.

"이번에도 차야 해요?"

"네, 번거롭겠지만 잠시만 좀 부탁드리겠습니다."

"알겠어요."

두 사람은 불편한 기색없이 얼른 안대를 찼다.

수호는 두 사람의 손을 잡은 후 코앞에 아공간 하우스의 출구를 만들어 바깥으로 두 사람을 데리고 나왔다.

두 사람을 아공간 하우스 밖으로 데리고 나온 수호가 손을 놓으며 말했다.

"이제 안대 푸셔도 됩니다."

그 말에 두 사람이 안대를 푼다.

그러자 두 사람의 시야에 시원한 강 풍경이 비쳤다.

시원한 강 풍경을 본 윤현철이 얼마간 말없이 강 풍경을 보더니 이내 입을 열었다.

"……좋네요."

진심이었다.

사형수로서 청옥에서 지내는 동안 이런 풍경은 티비에서밖에 보지 못 했으니까.

수호가 웃으며 말했다.

“여행하시는 동안 더 좋은 풍경들을 보셨으면 합니다.”

“이런 좋은 기회를 만들어 주셔서 감사합니다.”

“하하, 저 좋자고 부탁드린 건데요, 뭘. 그보다 이거.”

말을 잇던 수호가 카드와 현금이 든 지갑, 그리고 자신이 타고 온 차 키를 건네며 말했다.

“최소 닷새는 걸릴 테니 닷새 동안은 마음 편하게 여행하세요. 돈은 필요한 만큼 쓰시고 차는 제 차를 사용하시면 됩니다. 이외에 필요한 연락이 있으면 제 폰으로 연락하시면 됩니다. 저도 현희 씨 쪽으로 연락하겠습니다.”

“알겠습니다. 근데 정말 괜찮으시겠습니까?”

그 말에 수호가 웃으며 말했다.

“그건 걱정하지 않으셔도 됩니다. 이 정도 각오도 없이 시작한 일이 아니니까요. 심지어 지금도 이렇게 보란 듯이 바깥에 계시잖아요?”

“……하긴. 저랑은 능력 자체가 다른 사람인데 제가 괜한 걱정을 했습니다.”

“그럼 또 연락하겠습니다. 모쪼록 즐거운 여행되시길 바라겠습니다.”

수호는 예의를 갖춰 인사한 후 먼저 자리를 떠났다.

두 사람은 수호가 떠나는 걸 확인한 후 그제서야 차로 향했다.

그런데 자연스럽게 윤현희가 운전석에 오르자 윤현철이 피식 웃으며 말했다.

"운전도 할 줄 알아?"

"나 열심히 살았어. 그러려면 운전은 필수지."

그 말에 윤현철이 씩 웃는다.

"그래. 동생이 운전하는 차 한번 타 보자."

윤현철이 그 어느 때보다도 개운한 표정으로 조수석에 오른다.

✻

윤씨 남매와 헤어진 후, 수호는 그들의 시야에서 벗어나자마자 다시 윤현철로 변장을 시작했다.

'얼른 역용술 레벨을 올리든가 해야지, 매번 이러려니 참 불편하네.'

현재 B등급인 역용술은 당장은 얼굴밖에 변환시키지 못하지만 등급이 좀 더 오르면 신체는 물론 목소리까지 변조가 가능하다.

그래서 어서 빨리 청옥으로 갈 생각이었다.

혈옥의 등급을 올리기 위해 기획된 이번 프로젝트만 잘

완성하면 앞으로 스킬 랭크업 걱정은 더 이상 하지 않아도 됐으니까.

이윽고 변장을 마친 수호는 마지막으로 자신의 모습을 체크한 후 군세술 스킬의 분신 이동을 사용했다.

분신 이동은 군세술이 가진 또 다른 옵션 중에 하나.

십자군 플레이어가 유명세를 떨칠 수 있었던 건 자신과 똑같은 성기사 분신병 군단도 군단이었지만 이 분신 이동 덕분에 신출귀몰한 이동의 덕도 컸다.

'단순한 성기사 플레이어가 이런 이동기를 가지면 그 활용도가 어마어마해지니까.'

그래서 수호도 군세술을 꼭 얻고자 했던 것이다.

스킬이 발동되자 시야에 이동 가능한 분신병 목록이 떠올랐다.

그래 봤자 1명.

대상은 윤현철 대신 청옥에 수감되어 있는 녀석이었다.

수호는 녀석을 선택한 뒤 분신 이동을 사용했다.

[분신 이동이 발동됩니다.]

사삭!

스킬이 발동되자 수호의 신형이 온데간데 사라졌다.

*

이동은 눈 깜짝할 사이에 이루어졌다.

이동이 이루어진 후 수호가 눈 뜬 곳은 교도소 내에 위치한 재소자들을 위한 운동장이었다.

'지금쯤이면 외부활동시간이겠군.'

청옥 교도소는 보통의 교도소와는 다르게 운영된다.

대부분의 시간을 재소자들의 스트레스 줄이기와 교화에 운용되는데 그 이유는 여기 있는 재소자들이 일반인 재소자들에 비해 매우 위험하기 때문.

'아무리 마력 제한이 걸린 특수 구속구를 걸어 놨다고 해도 모든 걸 제어할 순 없으니까.'

수호의 주변엔 아무도 없었다.

보통 한 구역의 우두머리쯤 되면 무리 짓고 있는 게 보통인데 수호 혼자 우두커니 앉아 있는 걸 보면 다들 윤현철을 어지간히도 무서워하는 모양.

그때 수호의 시야에 익숙한 안면 하나가 보였다.

김궁원이었다.

김궁원은 멀찍이 떨어져 앉아 수호 쪽을 보고 있었는데 김궁원을 본 수호가 김궁원에게 오라고 손짓했다.

그러자 김궁원의 눈이 커지더니 헐레벌떡 수호에게 다가와 속삭였다.

"……혹시 큰형님이세요?"

"어, 나다."

"헉!"

큰형님이란 말에 김궁원의 눈이 휘둥그레 커진다.

수호가 물었다.

"뭘 그렇게 놀라? 내가 너한테 안 알려준 것도 아닌데."

"아, 아니, 그래도 놀라운 건 놀라우니까 그렇죠. 근데 뭘 어떻게 한 거에요? 아까까지만 해도 작은형님 상태가 영 아니었는데."

"뭐가 어떻게 아니었는데?"

"대답은 하는데 좀 멍한 느낌?"

흠.

분신병들이 약간의 이지를 갖는다고 듣긴 했는데 그래도 아주 어색하진 않은 모양.

'그래도 디테일한 연기는 못 시키겠어.'

교환 대상이 윤현철이라서 다행이었다.

그는 평소 굉장히 과묵한 사람이었으니까.

수호가 물었다.

"근데 넌 왜 내 옆에 안 붙어 있고 멀찍이 떨어져 있냐?"

그 말에 김궁원이 잠시 머뭇거리다 솔직하게 대답했다.

"아까 보니까 형님 상태가 좀 이상하길래 일단 거리를 좀 두고 있었습니다."

"……생존 레이더 하나는 기가 막히게 돌리는구만?"

"하하, 제가 좀…… 근데요, 큰형님. 혹시 무슨 연유로 작은형님 대신 청옥에 들어오셨는지 여쭤봐도 될까요?"

"그냥 여기 나쁜놈들을 좀 괴롭히려고."

"네? 괴롭힌다고요?"

"어, 내 목적은 그거 하나야."

굳이 김궁원에게 디테일한 계획을 말해 줄 필요는 없다.

어차피 일은 조용히 진행될 것이니까.

그래서일까?

김궁원이 이상한 눈초리로 수호를 보았다.

"일단 알겠습니다. 근데…… 그런 일에 제가 도움드릴 수 있는 게 있을까요?"

"있지. 너 똑똑하잖아. 너 여기 청옥에 있는 놈들 대부분 어떤 놈들인지 알고 있지?"

"예, 대부분은 알고 있죠?"

역시 김궁원이다.

힘없는 놈이 살아남으려면 이런 쪽으로 빠삭해야 하니까.

수호가 말했다.

"그럼 일단 전부 다 나랑 면담 한 번씩 하게 하자. 방식과 순서는 수감실별로 오되 한 명도 빠짐없이 전부 오라고 해. 아, 그리고 면담자들 데리고 올 때 무슨 죄로 잡혀왔는지, 형기는 얼마나 남았는지도 알아보고."

"알겠습니다."

김궁원은 연유를 알 수 없다는 듯 고개를 갸웃거렸지만 일단 알겠다고 대답했다.

아무래도 수호가 곱게 대답해 줄 것 같진 않았기에.

김궁원이 서둘러 움직이기 시작한다.

Chapter 5

그때부터 수호의 단체 면담이 시작됐다.

김궁원은 수감실 방장들에게 이 사실을 전파한 뒤 방 번호 순서대로 수호를 찾아왔다.

첫번째 방인 1-1번 방의 방장 오윤호가 수호 앞에 서자마자 바로 머리를 숙여 예를 갖췄다.

"1-1번 방 방장 오윤호라고 합니다. 이쪽부터 차례대로 소개해 드리자면……."

청옥의 수감실은 한 방에 최소 6명에서 많게는 8명으로 구성되어 있었다.

방장은 김궁원에게 들은 대로 자신을 시작으로 방 사람들의 이름과 죄명, 그리고 남은 형기에 대해 소개하기 시작했고 마침내 마지막 사람의 소개까지 끝나자 수호가 미간을 좁히며 말했다.

"……어떻게 사람 새끼가 없냐."

틀린 말은 아니었다.

1-1번 방 사람들은 8명으로 이루어져 있었는데 방장인 오윤호를 시작으로 거의 대부분이 살인, 강간, 강도, 방화 등 하나같이 흉악범들뿐이었기 때문이다.

이중에 강력범이 아닌 놈은 절도로 잡혀 들어온 막내 하나뿐.

수호의 말에 모두들 아무런 대꾸도 하지 못 했다. 물론 속으로는 다들 욕을 곱씹고 있었지만.

'지는…….'

'자긴 몇 명이나 죽이고 들어온 주제에…….'

'갑자기 왜 지랄이야……?'

수호는 녀석들의 얼굴을 얼마간 살피던 끝에 품에서 약통 하나를 꺼냈다.

평범한 약통처럼 생긴 그것은 안에 새하얀 비비탄 총알처럼 생긴 것들이 가득했는데 수호가 그것들을 머릿수대로 맞춰 꺼내 1-1번 방 사람들에게 나눠 주었다.

그러다 막내 재소자한테 물었다.

"넌 절도죄라고?"

"예, 그렇습니다."

"뭐 훔치다가 잡혔는데?"

"차……."

"차? 누구 차?"
"모르는 사람 차요……."
"왜 훔쳤는데?"
"타고 싶어서……."
"쯧쯧, 그럼 그렇지."
절도라길래 혹시나 해서 물어본 건데 그럼 그렇지.
역시 이런 놈들한테 예외를 둘 순 없다.
비비탄 총알처럼 생긴 것들을 한 알씩 나눠준 수호가 말했다.
"먹어."
"……예, 예?"
"이, 이게 뭔데요?"
먹으란 말에 당황하는 재소자들.
그럴 수밖에.
다른 사람도 아니고 갑자기 불러다가 정체 모를 것을 먹으라는데 어찌 두려움이 안 생기겠나?
그러나 수호는 그 물음에 친절하게 대답해 줄 용의가 없었다.
"안 먹어?"
"무, 뭔지는 말씀해 주셔야……."
그 순간.
뻐억!!

방장 오윤호의 물음에 수호는 냅다 오윤호의 얼굴에 주먹을 꽂아넣었다.

그러자 오윤호가 저 멀리 나가떨어지며 바닥을 나뒹굴었다.

그 과정에서 치아도 몇 개 빠졌다.

오윤호가 바닥에 꿈틀이자 수호가 시선을 옮겨 나머지 재소자들을 보며 말했다.

“안 먹어?”

“머, 먹겠습니다!”

“먹으려고 했습니다!”

“헙!”

어떤 놈은 대답도 안 하고 먼저 삼키기부터 했다.

나머지 일곱 놈이 모두 비비탄을 삼키자 수호는 턱짓하여 오윤호를 끌고 오게 했다.

수호는 다시 주워온 비비탄을 내밀었고 오윤호는 덜덜 떨더니 이내 그것을 받아먹었다.

“다음.”

설명은 그게 끝이었다.

수호의 다음이란 말에 1-1번 방 사람들은 서둘러 자리를 떴고 오윤호는 흘린 치아들을 뒤늦게 챙겼다.

김궁원은 마른침을 꿀꺽 삼킨 뒤 이어서 1-2번 방 사람들을 데리고 왔다.

이후의 과정은 같았다.

의문을 가지는 놈이 있으면 똑같이 오윤호처럼 만들어 주었고 그런 놈이 두세 명 정도 추가로 발생하자 상황을 지켜보던 다른 재소자들은 더 이상 호기심을 가지지 않고 일단 비비탄을 삼켰다.

교도관들은 보고도 못 본 척했다.

아니, 맞아 나가떨어지는 놈들을 보며 통쾌하다는 듯이 낄낄거렸다.

당연한 현상이었다.

윤현철이 청옥의 패권을 잡기 전까지 청옥의 교도관들은 조광호를 필두로 이곳의 재소자들에게 몹시 시달렸으므로.

인과응보였다.

*

수호는 마침내 청옥에 있는 대부분의 수감자들에게 비비탄을 먹이는데 성공했다.

김궁원이 바쁘게 움직여 준 덕분이었다.

물론 모든 재소자들에게 먹인 건 아니었다.

바빠도 구분은 해야 한다고, 혹시라도 윤현철처럼 사연 있는 재소자들은 검증을 통해 비비탄 먹이기에서 제외시켜 주었다.

그리고 거기에는 김궁원도 포함이었다.

이윽고 비비탄 돌리기를 끝낸 김궁원이 수호의 눈치를 보며 입을 열었다.

"저…… 형님?"

"왜?"

"그…… 질문이 있슴다."

"하지 마."

"아, 아직 질문 안 드렸는데요?"

"재소자들한테 먹인 게 뭐냐고 물어볼 거였잖아."

수호의 물음에 김궁원이 어색한 목소리로 대답한다.

"하하…… 넵…… 어떻게 아셨어요?"

"궁금해하지 마. 그게 뭔지 알게 되면 너도 먹어야 해."

김궁원이 마른침을 꼴깍 삼키더니 시선을 피하며 말했다.

"……그냥 안 궁금해하고 안 먹겠습니다."

"잘 생각했어."

수호는 비비탄을 김궁원에게까지 먹일 생각은 없었다.

왜냐하면 수호가 재소자들에게 먹인 것은 장난감 총알 따위가 아닌 벌레의 알이었으니까.

그 이름은 '흡성고(吸星蠱)'.

전생에 '충마(蟲魔)'란 이름으로 유명했던 충술사 플레이어가 애용하던 것으로, 흡성고는 타인의 기운을 흡수하는 벌레의 이름이었다.

'흡성고는 기생충과 같아서 섭취자의 진기를 빨아들이는 옵션이 있지.'

생기와 진기는 다르다.

생기는 밥만 먹고 충분히 쉬면 회복이 되지만 진기는 선천진기라고 해서 사람이 태어날 때부터 가지고 있는 고유한 기운으로 생명력에 가깝다.

흡성고는 그런 선천진기를 빨아들여 성장하는 벌레였다.

물론 수호의 목적은 재소자들이 가진 진기 따위가 아니었다.

타인의 진기를 흡수하면 강력한 힘을 얻을 수 있는 건 맞지만 진기를 소화 흡수할 수 있는 정제 스킬이 없으면 부작용만 더할 뿐이니까.

모든 약들이 그렇다.

약과 독은 종이 한 장 차이라 흡수를 제대로 못 하면 오히려 안 쓰느니만 못 했으니.

흡성고가 그런 약이었다.

그래서 수호가 재소자들에게 먹인 흡성고는 진기를 흡수하는 것이 아니었다.

수호가 먹인 건 등급이 낮은 흡성고로 진기 대신 '경험치'와 '생기'를 빨아들이는 종류였다.

정말이었다.

수호는 애초부터 청옥의 재소자들을 경험치 공장으로 쓸 계획이었으니까.

'나가 봤자 다시 사고만 칠 놈들이다. 그럴 바엔 세상을 위해 경험치를 헌납하는 게 낫지.'

흡성고에게 경험치를 빼앗긴다고 해서 레벨 다운은 일어나지 않을 것이다.

하지만 다음 레벨을 올리기 위해선 빼앗긴 경험치 만큼 다시 채워 넣어야 레벨업이 가능할 터.

'이제 남은 건 기다리기만 하면 된다.'

알 상태의 흡성고가 부화 후 성체 상태까지 도달하려면 최소 나흘이 걸린다.

그래서 청옥에 있는 기간을 닷새를 잡은 것이다.

닷새면 충분히 성장하고도 남을 테니까.

수호가 시간을 확인한 뒤 김궁원에게 말했다.

"궁원아."

"예, 형님."

"잠시 어디 좀 다녀올 테니 나 잘 케어하고 있어라."

"네? 아, 네, 알겠습니다."

무슨 말인진 모르겠지만 일단 잘 케어하라고 하니 그러겠다고 했다.

두 사람은 같은 방을 썼으니까.

수호는 방 화장실로 들어간 다음 아공간 하우스에 입장

했다.

그런 다음 군세술 스킬로 또 한 명의 분신병을 만들어 윤현철로 변장시킨 다음 의념으로 명령을 전달한 뒤 분신병을 수감실로 내보냈다.

드르륵-.

명령을 받은 분신병이 화장실을 나온다.

그런 다음 조용히 벽에 기대어 앉자 김궁원이 분신병 옆에 쓱 붙어 분신병의 안위를 살폈다.

그리고 눈치 빠른 김궁원은 알아챌 수 있었다.

현재 눈앞의 분신병은 자신이 아는 큰형님이 아니란 걸.

그렇기에 김궁원은 수호의 기행이 그저 기가 막힐 뿐이었다.

'진짜 미친놈 아냐 이거……?'

여기가 대체 어딘 줄 알고 제 안방 드나들 듯 이런 짓을 벌일 수 있단 말인가?

허나 그렇기에 김궁원의 생각은 더더욱 굳혀졌다.

이런 일들을 보면 볼수록 절대로 수호에게 까불면 안 되겠다고 말이다.

*

"답답해 죽는 줄 알았네."

아공간 하우스에 입장한 수호는 분신병을 내보내자마자 변장을 해제했다.

역시 이러나저러나 안방에선 편한 복장이 최고다.

변장을 해제한 수호는 휴대폰으로 분신병과 교대할 시간을 알람 설정한 후 가벼운 트레이닝복으로 갈아입었다.

그런 다음 아공간 하우스에 만들어 놓은 거리 중 어느 한 건물로 들어갔다.

그곳은 윤씨 남매가 있던 카페와는 제법 거리가 떨어진 곳이었는데 수호는 흡성고가 익어 가는 동안 가만히 놀고만 있을 생각이 없었다.

이윽고 건물의 문을 열자 어두컴컴한 어둠이 펼쳐졌다.

움찔!

그때 안쪽에서 인기척이 들렸다.

수호는 벽을 더듬어 스위치를 켰다.

그러자 마정석 에너지로 작동되는 마력 전등이 곳곳에 켜졌고 밝은 전등 아래, 인기척의 주인이 모습을 드러냈다.

"히, 히이익……!"

밝은 빛에 꿈틀거리는 사람.

다름 아닌 전직 창식이파 보스, 임창식이었다.

그는 폐인이 되어 있었다.

그럴 수밖에.

창식이파가 해체된 그날부터, 그는 줄곧 이곳 아공간 하우스에 갇혀 수호에게 징벌을 받고 있었으니까.

수호는 건조한 눈빛으로 그를 내려다보았다.

놀랍게도 그의 신체 건강은 그 어느 때보다도 멀쩡했다.

당연했다.

다른 사람도 아니고 치유사인 수호가 직접 케어하고 있었으니까.

대신 정신이 거의 파괴되어 있었다.

이건 어쩔 수가 없었다.

수호의 치유 스킬은 아직 정신계 치유까진 어떻게 해내지 못 하기에.

임창식에게 이렇게까지 하는 이유?

별것 없다.

그냥 뿌린 대로 거두는 것이다.

전생의 임창식은 남해원을 무려 2년이나 이런 식으로 갈취해 왔으니까.

아마 남해원이 합성술사가 아니었다면 마약에 쩔어 재기도 못 하고 그대로 생을 마감했을 것이다.

물론 남해원은 이 사실을 모른다.

이건 지극히 수호의 개인적인 징벌일 뿐, 딱히 남해원을 위한 건 아니었으니까.

게다가 임창식은 남해원 외에도 굉장히 많은 사람들에게 이런 짓거리를 한 놈.

'그래서 이런 대접을 받는 거지.'

피해자는 많지만 가해자는 한 명이다.

그렇기에 받을 수 있는 고통도 따지고 보면 1인분뿐이다.

그렇기에 수호는 최선을 다해 그 고통을 응축시켜 주는 것뿐.

수호가 덜덜 떨고 있는 임창식에게 말했다.

"창식아."

"조, 죄송합니다! 죄, 죄송합니다! 죄송합니다! 정말 죽을 죄를 졌습니다! 제발!"

그저 이름을 불렀을뿐인데 발작하듯 비는 임창식.

흠.

역시 평범한 대화는 불가능한 건가.

뭐, 아무리 그래도 방법이 아예 없는 건 아니었다.

수호는 이미 정신병자를 상대로 정상적인 대화하는 법을 알고 있었으니까.

수호가 손을 들어 스킬을 사용했다.

[희로애락의 반지가 대상의 가장 강렬한 감정에 반응합니다.]

[흡수할 수 있는 감정은 '블랙'입니다.]

[대상으로부터 감정을 흡수합니다.]

반지의 권능을 사용하자 임창식을 좀 먹는 부정적인 감정이 모조리 흡수된다.

그러자 일시적이지만 임창식의 정신이 되돌아왔다.

그러나 정신이 되돌아 왔다고 한들 임창식은 선불리 입을 열지 못 했다.

오히려 멀쩡한 정신이었기에 더더욱 겁먹은 표정으로 입술을 앙 다문 채 수호를 올려다보았다.

두려운 것이다.

눈앞의 악마가 자신에게 무슨 짓을 할지 몰랐으니까.

수호가 웃으며 말했다.

"어때, 여기서 지낼 만해?"

지낼 만하냐고?

그 물음에 임창식은 순간 분노가 일었다.

그러나 자신이 할 수 있는 건 아무것도 없다.

그렇기에 침착하게 물었다.

"……어, 어떻게 하면 날 여기서 꺼내 줄 겁니까? 아, 아니 애초에 날 꺼내 줄 생각은 있습니까?"

"당연히 있지, 왜 없겠어? 내가 뭐라고 널 여기에 영원히 가둬 두겠냐? 너 관리하는 거 은근히 귀찮아."

그 말에 임창식의 얼굴에 순간 희망이 비쳤고 그의 희망을 본 수호가 웃으며 물었다.

"그래서 말인데, 나랑 거래 하나만 하자."

"거, 거래요?"

"그래, 거래. 내 제안을 받아들이면 자유를 줄게."

자유.

그 한마디에 임창식이 마른침을 꿀꺽 삼키며 물었다.

"……거래 조건이 뭡니까?"

그 말에 수호가 입꼬리를 끌어 올린다.

수호가 웃으며 말했다.

"별거 없어. 그 자리에 서 있기만 하면 돼."

"여, 여기에요?"

"응, 거기."

엉거주춤한 자세로 일어나는 임창식.

수호는 임창식에게 차렷 자세를 시킨 뒤 그의 혈자리를 누르기 시작했다.

[점혈이 발동됩니다.]

신체 곳곳의 마비혈을 누르자 임창식의 몸이 망부석이라도 된 것처럼 딱딱하게 굳었다.

수호는 마지막으로 그가 소리를 내지 못 하게 아혈을 짚은 뒤 말했다.

"며칠만 견뎌. 그럼 자유를 줄 테니까."

"으으!"

임창식이 쥐어짜듯 소리를 낸다.

그러나 수호는 들은 척도 하지 않고 몇 걸음 뒤로 물러나 스킬 하나를 추가로 발동시켰다.

[블러드 웨폰이 발동됩니다.]

수호가 혈검을 손에 쥐며 말했다.

"시작할게."

수호는 겨눔세를 취했다.

그런 다음 그 어느 때보다도 정신을 집중한 끝에 아래에서 위로 빠르게 검을 휘둘렀다.

서걱!

날카로운 절삭음.

그와 동시에.

푸슈슉!!

임창식의 가슴팍에 긴 검흔이 아로새겨지며 핏물이 뿜어졌다.

피가 사방팔방으로 튄다.

수호의 얼굴에도, 옷에도.

그러나 수호는 놀라긴커녕 오히려 미간을 좁히며 생각했다.

'역시 한 번에는 안 되는군.'

임창식은 그대로 서 있었다.

혈자리가 짚어져 움직일 수 없기에.

대신 몸이 가늘게 떨었다.

눈알은 굴릴 수 있었고 시야는 트여 있엇으니까.

수호는 바로 회복 스킬을 사용해 주었다.

[힐이 발동됩니다.]

상처가 바로 아문다.

크루세이더가 사용하는 힐이었으니까.

치료를 마친 수호가 다시 거리를 벌린 후 검을 들었다.

“계속 갈게.”

서걱!

수호의 검이 휘둘러진다.

그리고.

푸슈슉!!

또 한번 핏물이 뿜어진다.

*

삐삐삐삐! 삐삐삐삐!

울리는 휴대폰 알람.

복귀 시간에 맞춘 알람이었다.

수호가 알람을 끄며 말했다.

“시간이 벌써 이렇게 됐나, 여기까지 할게.”

수호는 임창식을 치료해 준 뒤 혈자리를 풀었다.

바닥에는 핏물이 흥건했다.

전부 임창식의 피였다.

수호는 물과 음식 몇 개를 내려준 뒤 건물 한쪽 벽면을 가리켰다.

“저기 스위치 있으니까 잘 거면 저걸로 불 끄면 돼.”

그리고 건물을 나왔다.

문을 잠그진 않았다.

어차피 아무도 없는 곳.

게다가 아공간 하우스면 그 자체로도 이미 감옥인데 저 작은 문 하나를 잠궈서 무엇할까.

수호는 아이템을 사용해 자신의 몸에 묻은 핏물을 깨끗이 닦아 낸 뒤 다시 윤현철로 변장했다.

그리고 출구를 열어 바깥 상황을 살폈다.

마침 교대하기 좋은 타이밍.

수호는 분신 이동을 사용해 자신의 분신병과 위치를 교환했다.

바깥은 재소자들의 아침식사 시간이었다.

식사는 수감실 안에서 이루어지며 배급 담당인 소지가 배급해 준 음식을 음식 용기에 받아 나눠먹는다.

당연히 식사의 질은 좋지 않다.

매스컴에선 교도소 식단이 생각보다 부유하다며 이따금씩 화제가 되지만 그건 어디까지나 보여 주기식일 뿐 실상은 영양 균형도 제대로 잡히지 않은 찌꺼기 수준이었다.

‘이러니 김궁원이 영치금에 벌벌 떨지.’

불쌍하다고는 생각 안 한다.

이런 것들조차 모두 국민들 세금으로 만들어지는 것이

니까.

수호는 다른 재소자들에 비해 유달리 깨작거리는 김궁원을 보며 말했다.

"왜 그렇게 깨작거리냐?"

"어, 형님?"

"왜?"

"아, 아닙니다."

순간 '돌아오셨군요?!'라고 할 뻔한 걸 가까스로 참았다.

수호가 입조심하라고 눈치를 줬기 때문이다.

수호가 다시 물었다.

"여기 음식이 입맛에 안 맞나 보지?"

"안 맞는 게 아니라 맛이 안 느껴져서 그러는 건데요?"

"왜?"

"……?"

수호의 물음에 김궁원이 이상한 놈 쳐다보듯 쳐다본다.

그 표정을 보니 그제서야 생각이 났다.

"아, 맞다. 쏘리."

"진짜 너무하신 거 아닙니까?"

"걱정 마, 말만 잘 들으면 묶은 건 제대로 풀어 주고 갈테니까."

"……혀 말고 다른 것도 묶은 거 아시죠?"

"알지. 그나저나 별일 없었고?"

"예, 없었습니다. 조용히 계셨어요."

"그렇군."

수호는 고개를 끄덕인 후 자신의 방에 있는 사람들을 보았다.

방 인원은 윤현철과 김궁원을 포함해 총 다섯 명.

최소가 여섯 명부터 시작인데 여긴 일부러 다섯 명밖에 넣지 않았다.

비좁은 수감실을 넓게 쓰란 의미에서였다.

하지만 배급되는 식사양은 다른 방과 같다.

덕분에 윤현철의 방은 식사의 질 자체는 낮아도 항상 양은 많았다.

수호가 열심히 밥을 먹고 있는 방 사람들 중 한 명을 보며 말했다.

"야."

"네?"

"이리 와 봐."

수호는 자신에게서 가장 멀리 떨어져 있는 방 사람을 불렀다.

녀석의 이름은 배성환.

수호의 부름에 배성환이 먹던 밥을 내려놓고 얼른 다가와 옆에 앉아 무릎을 꿇었다.

무릎을 꿇으라고 시킨 적은 없다.

하지만 여기 있는 방 사람들은 대부분 알아서 윤성철에게 저자세를 취했다.

두려움에 기인해서였다.

수호가 배성환의 몸 곳곳을 살핀 후 물었다.

"어제 내가 준 거 안 뱉었지?"

"……예, 그렇습니다."

어제 준 거.

흡성고를 말했다.

수호는 같은 방 사람이라고 예외를 두지 않았다.

김궁원을 비롯한 몇몇 사람을 제외하면 모든 재소자들에게 흡성고를 먹였다.

애초에 청옥의 재소자들 전부를 경험치 공장으로 쓸 생각이었으니까.

그래서 배성환도 먹였다.

물론 배성환을 비롯한 재소자들은 어제 받아 먹은 게 뭔지도 모른다.

그렇기에 그저 겁에 질린 얼굴로 고개를 끄덕일 뿐.

수호가 이어서 물었다.

"기분은 좀 어때? 몸 상태는 또 어떻고?"

"어……."

배성환이 잠시 고민하더니 고개를 기울이며 대답했다.

"잘 모르겠습니다. 똥도 잘 눴도 딱히 이상은 없는 것 같습니다. 근데 좀 피곤한 것 같긴 합니다."

"그래?"

"예, 그렇습니다."

"딱히 시스템 알림 뜬 것도 없고?"

"예, 그렇습니다."

역시 흡성고.

애초에 벌레의 알이다 보니 딱히 상태이상 효과라든지 디버프 효과 같은 게 뜨질 않는다.

'그래서 충마가 애용한 거지만.'

수호는 고개를 끄덕이며 스킬 하나를 발동시켰다.

[마력감지가 발동됩니다.]

마력감지가 발동되자 주변 마력의 파동이 느껴지기 시작했다.

수호는 배성환을 면밀히 살폈다.

그러자 배성환의 몸 안에 작고 희미한, 하지만 확실한 존재감이 있는 작은 생명체를 발견할 수 있었다.

'부화는 했구나.'

작고 희미한, 하지만 확실한 존재감이 있는 작은 생명체.

그것은 흡성고였다.

알이었던 흡성고는 어느새 숙주의 생기를 빨아 부화에 성공했고 부지런히 숙주의 경험치를 빨아들이고 있었다.

'이렇게 나흘만 푹 익히면 된다는 거지?'

수호가 다시 식탁 쪽으로 턱짓하며 말했다.

"그래, 가서 마저 밥 먹어라."

"예, 감사합니다. 방장님."

꾸벅 숙이고 다시 가서 밥을 먹는 배성환.

배성환은 나이도 어리고 순해 보이지만 절대 좋은 놈은 아니었다.

나이는 20대 중반밖에 안됐지만 배성환은 음주운전으로 사람 하나를 치여 죽였다.

근데 각성자라서 청송이 아니라 청옥으로 오게 된 것이다.

'쯧쯧, 생긴 건 멀쩡하게 생겨 가지고. 역시 사람은 겉모습만 봐선 몰라.'

문득 사람 좋은 척하던 전 동료들이 생각난다.

그렇기에 수호는 더더욱 청옥의 재소자들이 벌레처럼 느껴졌다.

수호는 청옥의 재소자들이 감옥에서 합당한 벌을 받고 있다고는 생각 안 했다.

또 교정이 될 거라고도 생각 안 한다.

그래서 최대한 도구로써 활용하며 조금이라도 고통을 얹어 줄 생각이었다.

그게 녀석들이 세상을 위해 할 수 있는 유일한 속죄니까.

수호가 말했다.

"궁원아."

"예, 형님."

"어제 재소자들 중에 나랑 면담 안 한 놈들 있지?"

"예, 의무실에 있는 놈들만 못 했습니다."

"그럼 우리가 의무실로 가야지. 이따 교도관님한테 말씀 좀 드려라. 우린 오늘 아파서 의무실에서 좀 쉬어야 할 것 같다고."

"예, 알겠습니다. 저 근데……."

"왜?"

눈치 보던 김궁원이 힘겹게 말했다.

"형님…… 저 진짜 사고 안 칠 테니까 잠깐만 혀 좀 풀어 주시면 안 되겠습니까? 여기선 식사가 유일한 낙인데 밥맛을 못 느끼니까 정말 미칠 것 같습니다."

"흠."

김궁원이 장화 신은 고양이처럼 간절하게 쳐다본다.

그래, 까짓거 그러지 뭐.

수호가 김궁원의 혈자리를 눌러 주며 말했다.

"풀었다, 가서 먹어."

"감사합니다!!"

미각을 풀었다는 말에 김궁원이 얼른 수저를 들어 국물을 떠먹는다.

그러더니 세상에서 가장 맛있는 음식이라도 먹은 사람처럼 두 눈을 휘둥그레 뜨며 황홀한 표정을 지었다.

"아아…… 그래…… 이게 행복이었어……."

김궁원은 살짝 눈물까지 보이려 했다.

당연히 그럴 수밖에.

그동안 혀가 없는 것처럼 살다가 오랜만에 맛이란 걸 느꼈으니까.

그렇기에 지금 먹는 싸구려 된장국은 김궁원이 먹어 본 그 어떤 음식 중에서도 가장 황홀하게 느껴졌다.

물론 사정을 모르는 방 사람들은 그 모습이 참 어이가 없었지만.

'병신.'

'육갑 떠네.'

그러거나 말거나 김궁원이 서둘러 식사를 시작한다.

금방 다시 묶일 미각임을 알았기에.

*

윤현철이 확실히 청옥의 왕이긴 한가 보다.

수호의 요청에 김궁원을 비롯한 두 사람은 묻지도 따지지도 않고 바로 의무실로 보내졌다.

청옥의 의무실은 생각보다 컸다. 환자용 침대를 여러 대 두고 있을 정도로.

의무실에 가자 의사와 치유사가 함께 대기 중이었는데

둘 다 수호와 김궁원을 딱히 신경 쓰지 않았다.

오히려.

"불편한 거 있으면 말해 줘요. 티비 보려면 저걸로 보시고요."

편하게 있다 가라고 배려까지 해 주었다.

수호가 새삼스레 윤현철의 힘을 느끼며 배정받은 침대에 누워 있길 얼마간, 천천히 몸을 일으켜 침대에서 일어났다.

수호는 여기에 놀러 온 게 아니었으니까.

수호의 일어나는 소리에 김궁원도 자리에서 벌떡 일어나 수호 옆으로 왔다.

"저쪽에 약 안 먹은 애들 다 모여 있습니다, 형님."

"그래?"

김궁원은 흡성고의 존재를 모르기에 그냥 약이라고 표현했다.

수호는 김궁원의 안내를 받아 침대 커튼을 젖혔다.

그런데 젖힌 커튼 뒤로 반가운 얼굴을 볼 수 있었다.

조광호였다.

"조광호?"

자기 이름이 불리자 조광호가 흠칫 놀란다.

상대가 윤현철이니 더 놀랄 수밖에.

그런데 오랜만에 본 조광호는 처음에 만났을 때와는 달

리 굉장히 위축되어 있었다.

누워 있던 조광호가 헐레벌떡 몸을 일으켜 앉았다.

"읍, 읍?"

말을 못 하는 조광호.

아, 그랬지.

내가 아혈을 눌러 놨지.

수호가 씩 웃으며 녀석의 아혈을 풀어 주며 물었다.

"어디 아픈가 봐? 남들 다 운동장 나가 있을 때 의무실에 있고."

"그, 그게 몸이 조금…… 어, 어?!"

갑자기 목소리가 나오자 조광호의 눈이 휘둥그레 커졌다.

그러나 수호는 아랑곳 않고 그의 어깨를 토닥여 주며 말했다.

"그래, 그럴 수 있지. 그럼 이거나 먹어라."

수호는 통에서 흡성고 하나를 꺼내 내밀었다.

"이, 이게 뭔데?"

"진통제."

"진통제?"

"먹어."

"……."

수호는 조용히 흡성고를 내밀었다.

그러자 조광호는 잠시 주저하는 듯 하더니 이내 그것을

받아 삼켰다.

그것을 본 수호가 피식 웃었다.

"잘 먹네."

"……."

"그럼 다음에 또 보자."

수호는 뒤이어 다른 재소자 환자들에게도 흡성고를 먹이기 시작했다.

당연히 의사와 치유사는 아무런 제지도 하지 않았고 흡성고를 모두 먹인 수호는 화장실로 이동해 분신병을 만들어 윤현철로 변장시켰다.

어차피 닷새나 기다려야 하고 그때 동안 마냥 시간을 버릴 생각은 없었기 때문.

수호가 분신병을 의무실 침대로 보낸 후 다시 아공간 하우스에 입장한다.

*

피슈슉!

핏물이 튄다.

벌어진 가슴팍이 뿜은 핏물은 사방으로 튀었고 수호는 어김없이 그것들을 흠뻑 뒤집어썼다.

임창식의 피였다.

임창식은 파르르 떨었다.

하지만 신음하지도 몸서리치지도 못했다.

혈자리가 짚어졌기 때문이다.

[힐이 발동됩니다.]

처음 임창식을 베기 시작한 날부터 나흘이 지났다.

그리고 오늘이 닷새째.

내일이면 윤현철이 돌아온다.

그래서 오늘까지 최선을 다해 임창식을 베었다.

수호가 닷새 동안 임창식을 베었던 건 특정 스킬을 얻기 위해서였다.

그 스킬은 오직 살아 있는 적을 상대로만 경험치가 인정이 되었으니까.

하지만 아무래도 닷새의 노력으로는 한참 모자란 듯했다.

'하긴 나도 그걸 깨달은 건 200레벨도 더 넘어서였으니까.'

삐삐삐삐! 삐삐삐삐!

때마침 휴대폰 알림이 울린다.

복귀할 시간이 된 것이다.

아쉽지만 이쯤에서 접어야 했다.

수호는 혈검을 역소환한 후 임창식의 혈도를 풀어 주었다.

"커허어어억!!"

숨을 몰아쉬며 바닥에 쓰러지는 임창식.

그럴 수밖에.

혈도가 잡혀 있는 동안 움직이진 못했어도 가슴이 칼에 베여지는 고통이 계속해서 누적되어 왔으니까.

임창식은 누적된 데미지를 한꺼번에 감당하느라 눈을 까뒤집으며 벌벌 떨었다.

그러나 수호는 그런 임창식을 동정하긴커녕 익숙한 모양새로 치료해 준 후 아이템으로 근처의 핏물 정리를 시작했다.

그런 다음 일전에 챙겨 둔 창식이파의 마약과 물, 그리고 약간의 음식을 그의 곁에 두었다.

"나중에 또 보자."

자유를 주겠다는 약속은 처음부터 지킬 생각이 없었다.

임창식도 수많은 채무자들과의 약속을 지키지 않았으니까.

*

분신 이동으로 아공간 하우스를 빠져나오자 윤현철의 방은 아침 식사가 한창이었다.

분신병은 벽에 기대 앉아 있었는데 분신병에서 진짜 수호로 교체되자 수호는 목근육을 풀며 자신이 돌아왔음을 알렸다.

그러자 근처에서 대기하던 김궁원이 잽싸게 다가와 수호 옆에 앉았다.

"오셨습니까, 형님."

"어, 그래. 밥은?"

"형님 기다리고 있었습니다."

그 말에 수호는 자연스럽게 김궁원의 미각을 풀어 주었다.

"감사합니다, 형님!"

미각을 풀어 주자 김궁원이 머리를 조아린 후 잽싸게 밥상 앞으로 가 식사를 시작했다.

그런데 오늘따라 밥상머리 앞이 좀 이상하다.

수호가 시선을 옮겨 배성환을 보았다.

배성환은 밥상 앞에서 밥을 깨작거리고 있었는데 부쩍 수척해져 있었다.

다른 방 사람들도 마찬가지였다.

수호가 피식 웃으며 말했다.

"성환아."

"……예, 형님."

수호의 부름에 기운 없는 목소리로 다가오는 배성환.

기분 탓이 아니라 정말로 수척해져 있었다.

볼살은 못 본 새 움푹 패여 있었고 안색도 별로 안 좋아 보였다.

흡성고 때문이었다.

수호가 물었다.

"어디 아프냐?"

"예…… 감기나 몸살은 아닌 것 같은데 몸에 힘이 없고 입맛도 없고 그러네요……."

배성환의 대답에 수호가 눈살을 좁히며 마력감지 스킬을 발동시켰다.

그러자 마력 파동이 일며 배성환의 마력들이 보이기 시작했다.

수호는 배성환을 훑어보던 끝에 녀석의 배에 위치한 뚜렷한 존재감을 보고 픽 웃었다.

닷새 전과는 비교도 안 될 정도로 커진 흡성고 때문이었다.

'알차게 익었네.'

나흘이면 된다더니 정말이었다.

수호가 말했다.

"도와줘?"

"네?"

"아프다며, 도와줘?"

"어, 어떻게요?"

"눈 감아 봐."

"……네?"

"귀 막혔어?"

"아, 아닙니다!"

배성환은 수호가 시키는 대로 했다.

그 광경에 김궁원을 비롯한 나머지 방 사람들도 흥미로운 눈빛으로 구경하기 시작했다.

수호는 눈 감은 배성환에게 스킬 하나를 발동시켰다.

[리커버리가 발동됩니다.]

리커버리가 발동되자 화한 빛이 배성환을 감싸기 시작했다.

"눈뜨지 마."

배성환은 갑작스런 기운에 흠칫 놀라 눈을 뜨려 했으나 수호의 경고에 다시 눈을 질끈 감을 수밖에 없었다.

그때였다.

"우욱!"

갑자기 몰려오는 구토감.

마치 요구르트 수십 개를 먹었을 때 느끼는 그런 구토감이었다.

그렇기에 배성환은 결국 구토감을 이기지 못 하고 속을 게워낼 수밖에 없었다.

"우웨엑!"

먹은 게 없어서 나온 건 거의 물밖에 없었다.

하지만 긴 구토감 속에 튀어나온 건 다름 아닌 벌레였다.

"……!"

"……!"

"……!"

벌레.

흡성고였다.

하얗고 굵직한 그것은 마치 굼벵이를 연상케 했는데 위액에 범벅되어 나온 흡성고는 바닥에서 꿈틀거리며 살아있음을 증명했다.

"우웍!"

"우웍, 씹!"

그 광경을 본 방 사람들 역시 역겨움에 구토감이 밀려왔다.

그 소리에 놀란 배성환도 뒤늦게 눈을 떴다.

그리고 자신의 눈앞에서 꿈틀거리는 흡성고를 보고는 소스라치게 놀랐다.

"이, 이게 뭐야!"

"조용."

"네, 네?"

"이제 가서 밥 먹어. 넌 이것 때문에 힘들었던 거니까."

"이, 이 벌레 때문에요?"

흡성고 때문이란 말에 순간 배성환의 눈에 살기가 돈다.

그 모습을 본 수호가 먼저 경고했다.

"벌레 건드리지 말고 가서 밥 먹어라."

"하, 하지만 벌레는 치워야……."

"쓸데없는 짓거리 하지 말고 가라."

"네, 네…… 아, 알겠습니다."

"다시."

"네?"

"뭐 할 말 없어?"

"……?"

수호의 물음에 배성환은 그게 무슨 말이냐는 표정을 짓더니 이내 눈을 키우며 다시금 고개를 숙였다.

"가, 감사합니다! 벌레 꺼내 주셔서. 정말 감사합니다!"

"인사 꼬박꼬박해라."

"네, 알겠습니다!"

배성환은 혹여나 불똥이 더 튈까 후다닥 밥상 쪽으로 이동했다.

이제 남은 건 두 사람뿐.

수호가 웃으며 말했다.

"너네도 이리 와."

"저, 저희도요?"

"너네도 증상 똑같잖아. 빨리 와라."

증상이 똑같다는 말에 두 사람은 차마 부정할 수 없었다.

배성환과 아픈 시기도 증상도 같았으니까.

하지만 눈앞에서 흡성고를 토해 내는 걸 보고 나니 선뜻

다가갈 수가 없었다.

그때였다. 두 사람이 잠시 머뭇거리자 김궁원이 두 사람을 밀어차 버린 건.

"이 새끼들이 미쳤나! 빨리 안 튀어 가?!"

"죄, 죄송합니다!"

두 사람은 거의 엎어지다시피 수호에게 갔고 수호는 그런 두 사람에게서도 리커버리를 사용해 흡성고를 빼내는 데 성공했다.

그리고 두 사람으로부터 감사 인사까지 받은 다음에야 흡성고 세 마리를 챙겼다.

'오늘 하루 엄청 바쁘겠구만.'

바야흐로 수확의 시간이었다.

*

예상대로 하루 종일 내내 엄청 바빴다.

그도 그럴 게 하루 만에 거의 모든 재소자로부터 흡성고를 수확해야 했으니까.

그러나 김궁원의 도움을 필두로 수호는 거의 대부분의 흡성고를 성공적으로 회수할 수 있었다.

'이제 의무실만 남았군.'

수호는 마지막 수확지인 의무실로 향했다.

의무실에 도착하자 여전히 의사와 치유사가 심드렁하게 반겨 준다.

수호가 두 사람에게 말했다.

"잠시 두 분 자리 좀 비켜 주시겠습니까?"

수호가 공손히 묻자 의사와 치유사는 잠시 시선을 교환하더니 고개를 끄덕이며 자리를 비켜 주었다.

두 사람이 의무실을 나가자 의무실의 재소자들은 짐짓 긴장하기 시작했다.

의사와 치유사는 이곳의 최소한의 안전장치인데 그들이 동시에 나갔으니까.

수호가 말했다.

"다들 내 앞에 차례로 줄 서라."

수호의 말에 서로 눈치 보기도 잠시, 이내 모두들 후다닥 줄을 섰다.

이후엔 같았다.

리커버리를 사용하고 흡성고를 빼내고.

첫 번째 환자가 흡성고를 토해 내자 뒤에 서있던 놈들 모두 화들짝 놀랐지만 그렇다고 다른 선택지가 있는 건 아니었다.

그저 날 받아 놓은 사람들처럼 가만히 자기 차례를 기다릴 뿐.

그리고 마침내 마지막 차례로 조광호가 나타났다.

조광호는 닷새 전보다 훨씬 더 핼쑥해져 있었다.

그럴 수밖에.

그렇잖아도 재소자들 괴롭힘을 피해 이곳 의무실로 도망쳐 온 건데 여기에 와선 흡성고 때문에 고통받았으니 얼굴색이 좋을 리가 있나.

조광호는 얼마간 수호를 쳐다보더니 이내 수호 옆에 서서 조용히 리커버리를 기다렸다.

수호는 그런 조광호에게서 마지막 흡성고를 꺼냈다.

"우웩!"

시원하게 게워내는 조광호.

수호가 조광호의 흡성고를 보며 만족스러움을 표했다.

사이즈가 있어서 그런지 다른 재소자들에 비해 훨씬 큰 흡성고가 나왔기 때문.

수호가 흡성고를 챙긴 직후였다.

"너……."

그때였다.

입을 훔치던 조광호가 갑자기 수호를 보며 말을 꺼낸 건.

수호가 조용히 조광호를 쳐다보자 조광호 역시 수호와 눈을 똑바로 맞추며 말했다.

"너…… 너 누구야?"

그의 물음에 수호의 입꼬리가 씩 올라갔다.

이것 봐라?

썩어도 준치라고, 그래도 전 청옥의 왕이었다는 건가?

수호가 지은 미소 그대로 말했다.

"알면?"

"뭐?"

"알면 뭐가 달라져?"

"그게 무슨……."

서서히 커져 가는 조광호의 눈동자.

그 눈을 본 수호는 잠시 목소리 변조 아이템을 껐다.

"그동안 분노는 충분히 쌓았나?"

"……!"

변조 목소리 대신 수호의 진짜 목소리가 뱉어졌다.

그리고 수호의 진짜 목소리를 들은 조광호의 눈이 일순 번개처럼 커졌다.

마치 귀신이라도 본 듯한 표정.

어떻게 저 목소리를 잊을 수 있겠는가?

저 목소리의 주인 때문에 자신의 비극이 시작되었는데!

수호는 그런 조광호를 보며 씩 웃었다.

그리고 그만 들을 수 있게 목소리를 낮춰서 말했다.

"참 안타까워. 왕년의 호랑이가 이제는 토끼와 여우가 무서워서 의무실로 도망친 꼴이라니."

"너……!"

"근데 의무실에서 널 본 날 문득 그런 생각이 들더라? 어쩌면 여긴 의무실이 아니라 고독(蠱毒)을 만드는 독 항아리일 수도 있겠다는. 그래서, 그동안 분노는 충분히 쌓았나?"

"너 이 새끼……! 나한테 이러는 이유가 뭐야?"

"이유가 어딨겠어?"

"뭐라고?"

"그러는 넌 이유가 있어서 그동안 사람들을 죽인 거야?"

말을 잇던 조광호의 눈이 터질 것처럼 붉게 물든다.

가까스로 분노를 참고 있는 것이다.

여기서 분노에 취해 손을 뻗는 순간 그것이 자신의 마지막이 될 거란 걸 그 누구보다도 잘 아니까.

"뿌린 대로 거두는 법이야. 그래서 말인데, 널 보고 있자니 갑자기 재밌는 생각이 들더라고."

"날 얼마나 더 비참하게 만들 셈이냐……!"

"웃기고 있네. 비련한 척 굴지 마. 애초에 네가 비참함을 느낄 만한 자격이나 명예란 게 있는 줄 아나 보지? 넌 그저 사회를 좀 먹는 쓰레기일 뿐이야. 그런데 타고나길 너무 잘 타고나서 벌을 제대로 못 받고 있었던 것뿐이지."

수호가 다시 목소리 변조 아이템을 사용하며 말했다.

"너 여기서 병신 동네북이라며? 근데 말이야…… 그 말을 듣고 보니 그런 생각이 들더라고. 여기 있는 놈들도 전부 다 쓰레기인데 왜 다들 널 괴롭히면서 정의감에 고취되어 있는 걸까 하는. 그래서 생각했지. 이놈들한테 다시 주제 파악을 좀 시켜 줘야겠다고 말이야."
수호가 조광호에게 스킬을 사용했다.
[점혈이 발동됩니다.]
수호는 조광호에게 순서대로 혈자리들을 풀어 주었다.
그런 다음 꽉 쥐어지지 않던 그의 손을 손수 들어 직접 주먹을 말아주었다.
그 순간, 또 한 번 조광호의 눈이 접시만큼 커졌다.
"짐승을 내쫓을 땐 도망칠 구멍을 열어 주라고 했었지. 이건 내가 너한테 열어 주는 잠깐의 숨구멍이야. 그러니까 가서 분노를 쏟아. 진짜 병신들한테 가서 여기가 어떤 곳이었는지 제대로 알려줘. 감히 왕좌를 넘볼 생각은 하지 말고. 명심해, 너도 주제 파악 못 하면 다음번엔 밥도 제대로 못 씹는 삶을 살게 될 테니까."
수호의 속삼임에 조광호는 바르르 떨었다.
그러나 이내 수호의 말뜻을 모두 이해하고는 정수리가 보이도록 고개를 숙였다.
"……시키는 대로 하겠습니다. 감사합니다, 형님."
"그래, 이제야 좀 태도가 마음에 드네."
수호가 조광호의 어깨를 토닥여준 뒤 먼저 자리에서 일어난다.

*

"윤현철 씨, 면회입니다."

다음 날.

윤현철의 이름이 불리자 수호는 조용히 일어났다.

시간은 이제 겨우 점심이 지났을 무렵.

수호가 나갈 채비를 하자 김궁원이 허리를 깊숙히 숙였다.

"살펴 가십쇼, 큰형님."

"그래."

수호는 김궁원의 혈자리를 모두 풀어 준 뒤 그제서야 교도관들과 이동을 시작했다.

교도관들과 함께 이동한 곳은 매번 이용하던 특별 접견실이었다.

접견실에는 먼저 온 손님 둘이 있었다.

그들을 본 수호가 피식 웃으며 자리에 앉았고 이윽고 교도관들이 퇴장하자 접견실에는 수호를 비롯한 세 사람만이 남았다.

수호는 여전히 웃고 있었다.

그럴 수밖에.

자신을 만나러 온 인물 중에 하나가 바로 자기 자신, '안수호'였으니까.

허나 그의 정체는 김건이었다. 그것도 메타 슈트로 자신의 모습으로 둔갑한.

그리고 김건의 수행원으로 온 사람은 정장을 말쑥하게 빼입은 진짜 윤현철이었다.

수호가 수행원처럼 서 있는 윤현철에게 말했다.

"현철 씨도 앉으시죠. 여기 카메라 꺼 놔서 아무도 안 들어올 겁니다."

"그럼 실례하겠습니다."

역용술로 얼굴이 바뀌어 있긴 했지만 그래도 닷새만에 만난 윤현철은 눈빛이 참 많이 바뀌어 있었다.

독기가 거의 사라진 느낌이랄까?

아마 닷새 동안 윤현희와 좋은 시간을 보내서 그런 거겠지.

수호가 시선을 옮겨 김건에게 물었다.

"잘 찾아왔네?"

"예, 저번에 한 번 와 봤던 곳이라 특별히 힘든 점은 없었습니다."

"그래, 그럼 일단 다들 포지션부터 바꾸시죠. 건아, 넌 옆에 계신 분 그대로 흉내 내면 된다."

자세하게 이야기를 나누기 전 우선 각자의 포지션 변경부터 시작했다.

김건은 역용술을 사용한 윤현철의 모습으로, 수호는 다시 원래의 자신으로, 윤현철 역시 원래의 자신으로 말이다.

포지션 변경은 금방 이루어졌다.

수호는 자신의 옷을 다시 입은 후, 윤현철에게 점혈을 사용해 임시로 묶어 두었던 혈자리들을 풀어 주었다.

"혈자리 다시 풀었는데 좀 어떻습니까?"

"좋습니다. 다시 멀쩡해진 것 같습니다."

"다행이네요. 그나저나 얼굴이 많이 좋아지셨는데 좋은 시간 보내셨나요?"

"네, 덕분에 밀린 이야기도 하고 서로에게 큰 위로가 되는 시간이었습니다. 그래서 말인데 이 자리를 빌어 다시 한번 더 감사의 말씀을 드립니다."

윤현철이 자리에 일어나서 정수리가 보이도록 고개를 숙인다.

이렇게 보니 정말 다른 사람이 된 것 같았다.

하지만 이런 사람이란 걸 알기에 윤현철에게 기회를 준 것이기도 했다.

그에게서 조금이라도 음습한 기운이 있었다면 사형수를 밖으로 내보내는 멍청한 짓은 절대로 하지 않았을 것이니까.

물론 열 길 물속은 알아도 사람 하나는 모른다지만 수호에겐 희로애락의 반지가 있지 않은가.

'반지 덕분에 대화할 때 참 많은 도움을 받고 있지.'

희로애락의 반지는 아주 작은 부정적인 기운도 모조리

캐치해 내니까.

이어서 수호는 그동안 청옥에서 무슨 일이 있었는지에 대해 면밀히 말해 주었다.

자기가 재소자들에게 무얼 먹였고 그로 인해 다들 어떤 상태가 되었었는지.

물론 흡성고에 대한 자세한 이야기는 해주지 않았다.

그렇게까지 디테일하게 이야기해 줄 필요는 없었으니까.

대신 청옥에 풀어놓은 새로운 호랑이, 조광호에 대한 이야기를 해 주었다.

조광호의 힘을 다시 되찾아 주었다는 말에 윤현철이 걱정스레 물었다.

"조광호를 믿으십니까?"

"조광호는 안 믿습니다. 대신 현철 씨를 믿는 거죠. 만약 조광호가 저의 경고에도 현철 씨에게 이빨을 드러내면, 그땐 현철 씨가 조광호를 제압해 주세요. 죽이진 말고 다시 병신으로 만들어 주시면 됩니다."

"알겠습니다. 그 정도는 제 선에서 해결이 가능합니다."

역시 윤현철.

참 든든하다.

하지만 조광호가 바보가 아닌 이상 그가 윤현철에게 이빨을 드러내는 일은 없을 것이다.

힘을 되찾아 주는 대신 왕좌에는 절대로 눈독 들이지 말라고 했으니까.

수호는 이후에도 윤현철과 이런저런 이야기들을 나누었다.

이야기의 주제는 그동안 어디를 다녀왔으며 앞으로 어떻게 살 것인지에 대한 이야기였다.

그는 닷새 동안 많은 곳을 여행하진 않았지만 그래도 가보고 싶었던 곳들은 모두 가보았다.

특히 죽은 여자친구의 납골당에 다녀올 수 있게 되어 또한 번 감사를 표했다.

수호가 웃으며 말했다.

“현희 씨는 제가 책임지고 케어하겠습니다. 그리고 정기적으로 찾아와서 이번에 그랬던 것처럼 휴가 느낌으로 빼드리겠습니다.”

“감사합니다. 그래만 주시면 청옥에서 제가 할 수 있는 건 뭐든지 하겠습니다. 안 그래도 바깥에서 현희가 기다리고 있긴 합니다.”

“아이고, 혹시 몰라서 혼자 오라고 하셨는데 기어코 오셨군요.”

“하하, 네. 꼭 인사드리고 싶다고 해서 어쩔 수 없었습니다.”

수호는 얼마간 더 이야기를 나눈 후 시간을 확인하고 그제서야 자리에서 일어났다.

수호는 윤현철에게 인사한 후 김건과 함께 청옥을 나왔다.

그리고 청옥 입구에서 수호를 기다리고 있는 윤현희를 만날 수 있었다.

윤현희가 혹시나 하는 표정으로 어색하게 물었다. 수호가 얼굴 변장에 능하다는 걸 알기 때문이다.

"저…… 수호 씨죠?"

"예, 접니다."

수호 본인이란 말에 윤현희가 그제서야 활짝 웃는다.

그녀는 윤현철이 그랬던 것처럼 정수리가 보이도록 고개를 숙여 감사를 표했다.

"정말 감사드려요. 덕분에 오빠랑 좋은 시간을 보낼 수 있었습니다."

"아닙니다. 저야말로 덕분에 청옥에서 좋은 시간을 보낼 수 있었습니다. 근데 오지 말라고 했는데 왜 오셨어요, 거리도 먼데."

"사람이 염치가 있지 어떻게 그럴 수가 있겠어요."

"하하, 정말 괜찮은데. 일단 차에 타시죠. 역까지 바래다 드리겠습니다."

세 사람은 함께 차에 탔다.

그리고 이런저런 이야기를 하며 앞으로 어떻게 지낼 것인지에 대한 이야기를 했다.

그녀는 닷새 동안 오빠와 의논한 끝에 아람보육원으로

돌아가기로 했다.

수호가 주기로 한 지원금으로 장사를 하거나 호의호식하는 것보단 고향과도 같은 보육원으로 돌아가 아이들을 돌보고 싶다고 했다.

"좋은 생각이시네요. 그럼 저도 이따금씩 보육원에 들르겠습니다."

"아니에요, 굳이 안 그래 주셔도 돼요. 안 그래도 공무로 바쁘실 텐데."

"제가 좋아서 가는 건데요, 뭘."

이후 수호는 그녀를 청송역에 내려준 후 차 머리를 돌려 서울로 향했다.

"제가 운전하겠습니다."

"그럴래?"

윤현희가 떠나자 그제서야 김건과 둘만 있게 됐다.

김건은 자연스럽게 운전대를 잡았고 차가 출발하고 얼마 뒤, 수호가 말했다.

"앞으로도 종종 청옥에 대한 건을 좀 부탁할게."

"예, 언제든지 맡겨주세요."

"그래, 넥서스에 지내는데 불편한 건 없어?"

"예, 다들 너무 잘해주세요. 팀장님 덕분에 하루하루 감사함을 느끼며 살고 있습니다."

그 말에 수호가 픽 웃었다.

김건은 은혜를 아는 인물이었다.

그래서 김건을 캐스팅한 것이기도 하고.

수호가 물었다.

"훈련은 잘하고 있고?"

"예, 안 그래도 곧 팀장님 아바타에 대한 파훼법을 찾을 수 있을 것 같습니다."

"파훼법? 진심이야?"

"네, 진심입니다."

이것 봐라?

수호가 흥미롭다는 듯 입꼬리를 올리며 말했다.

"쉽지 않을 텐데?"

"쉽지는 않죠. 그래서 일대일로는 절대 못 할 것 같고 밴시팀 전원을 이용해 합공하고 있습니다."

"그래?"

수호는 그 말이 거짓말처럼 느껴지지 않았다.

김건은 헌터이기 전에 세계적인 게임, 옵스의 절대적인 1위 랭커였기 때문이다.

'옵스의 레일건은 피지컬과 뇌지컬, 그리고 오더와 케어까지 가능했던 만능 올라운더 선수였으니까.'

그래서 그 누구도 넘지 못했던 부동의 1위였던 것.

역시 옵스 짬바 어디 안 간다.

수호가 웃으며 말했다.

“좋아, 합공이든 뭐든 정말로 내 아바타를 꺾으면 그때 말해. 그땐 또 다른 미션을 내어줄 테니까.”

“네, 열심히 하겠습니다. 저 근데 질문이 하나 있습니다.”

“뭔데?”

“그게 다름이 아니라…….”

김건의 질문은 다름 아닌 수호의 전투법에 대한 것들이었다.

예컨대 검술이나 이동법에 대한.

그 질문을 들은 수호는 또 한 번 피식 웃을 수밖에 없었다.

‘내 아바타 파훼에 진심인가 보네.’

그렇기에 수호는 기쁜 마음으로 알려주었다.

애초에 숨길 이유도 없었다.

누군가 자신의 파훼법을 만들어 낸다면 수호 역시 그 파훼법을 연구해 약점을 극복하면 됐으니까.

그러니 이러한 질문에 대한 대답은 나 자신을 위한 것이기도 했다.

덕분에 두 사람은 지루함 없이 서울로 향할 수 있었고 수호는 파주에 김건을 내려준 후 바로 다음 스텝을 준비하기 시작했다.

그 시작은 흡성고의 체크였다.

[다 자란 흡성고]

- 등급 : A

숙주의 기운을 흡수하여 자라는 벌레.

숙주의 경험치와 생기를 잔뜩 머금어 최고의 성체기가 되었다.

A등급의 흡성고.

나흘 넘게 온전히 생기를 먹여 키운 덕분에 아주 제대로 자랐다.

수호는 집으로 가기 전 청담가옥 직원에게 사와야 할 것들에 대한 목록을 일러준 뒤 바로 집으로 향했다.

집에는 아무도 없었다.

서기원도 남해원도 이제는 별다른 스케줄이 없기에 파주에서 한창 트레이닝 중이었다.

샤워를 마치고 나오자 직원들이 주문한 물품들을 가지고 나타났다.

수호는 그것들을 모두 챙겨 지하실로 향했다.

그런 다음 커다란 테이블에 흡성고를 비롯한 직원들이 사온 재료 아이템들을 모두 펼쳤다.

'해원이한테 합성해 달라고 하는 게 가장 베스트긴 하지만…….'

지금부터 만들 영약은 사람들에게 알려져서 좋을 게 없다.

영약의 가치가 엄청난 것도 엄청난 것이지만 영약의 재료가 되는 흡성고가 사람의 생기를 베이스로 만들어지기 때문에 혹시 모를 사태를 방지하기 위해서라도 아는 사람이 최대한 없는 편이 나았기 때문.

'실제로 충마 때문에 훗날 흡성고의 유통이 금지되기도 했으니까.'

그러니 효율성은 조금 떨어져도 조합식을 통해 내가 직접 만드는 편이 낫다.

수호는 일전에 익힌 최하급 조합식을 사용했다.

그러자 눈앞에 조합식 특유의 조합 항아리가 나타났고 그 안에 흡성고를 비롯한 주문한 재료들을 넣었다.

[조합 항아리에 다 자란 흡성고를 담으셨습니다.]

[조합 항아리에 약제사의 그릇 파편을 담으셨습니다.]

[조합 항아리에 장인의 조각을 담으셨습니다.]

집어넣은 재료는 총 세 가지.

약제사의 그릇 파편은 영약을 만들 때 조합식에 반드시 넣는 재료템이고 장인의 조각 역시 스킬과 관련된 영약을 만들 때 항상 넣는 재료템이었다.

'스킬 영약을 만들 때 항상 들어가는 이 두 가지에 다 자란 A급 흡성고를 추가하면 내가 바라던 영약이 완성되는 거지.'

어찌 보면 굉장히 쉬워 보이는 조합법.

하지만 충마가 먹던 영약을 만들기 위해선 오직 수호가 준비한 옵션을 가진 A등급 흡성고만 25마리를 넣어야 했다.

그리고 수호가 청옥에서 확보한 흡성고는 502마리.

실패하지만 않는다면 약 20개의 영약을 만들 수 있는 분량인 셈.

'이외에도 그릇 파편과 조각의 개수가 영약의 핵심 비법이지.'

하지만 후자의 것들은 시장에서 얼마든지 구할 수 있는 것.

그러니 진짜 핵심은 흡성고였다.

재료 아이템을 담은 수호가 조합식을 돌리기 시작했다.

[조합을 시작합니다.]

[조합 중…….]

[오잉? 항아리의 상태가?!]

그때였다.

별안간 시스템이 의미심장한 메시지를 던지더니 이내 항아리에서 금빛을 쏟아내기 시작한 건.

[축하드립니다! 최하급 조합식에서 매우 보기 힘든 보물이 탄생하였습니다!]

[기승환(S)을 획득하셨습니다.]

[위대한 업적을 달성하여 시스템이 당신에게 보너스 스

탯을 10개 선물합니다.]

'역시.'

알림을 본 수호가 웃었다.

당연히 웃음이 나올 수밖에 없었다.

고작 조합 하나로 보너스 스탯이 10개나 생겼으니까.

하지만 이건 예정된 수순이었다.

조합식에서 위대한 업적이 나오려면 아직 플레이어들에게 한 번도 등장한 적이 없는 아이템이어야 하는데 현시점에서 기승환은 사람들이 상상조차 못 하는 그런 아이템이었으니까.

수호는 바로 기승환의 정보를 확인했다.

[기승환]

- 등급 : S

섭취하는 것만으로 경험의 레벨을 올려주는 신비로운 영약, 허나 그 제조법은 모르는 편이 낫다.

섭취 시, 원하는 스킬의 경험치를 대폭 상승시킨다.

정보를 확인한 수호는 만족의 미소를 지었다.

획득한 기승환은 수호가 원하던 그 기승환이 맞았기 때문.

이후, 수호는 잇달아 나머지 재료들을 투입하여 남은 재료 모두를 기승환으로 만들었다.

[기승환(s)을 획득하셨습니다.]

[기승환(s)을 획득하셨습니다.]

[기승환(s)을 획득하셨습니다.]

……

쏟아지는 알림들.

그때였다.

[당신의 아이템 조합에 대한 이해도가 매우 높습니다.]

[시스템이 당신의 재능에 대한 심사를 시작합니다.]

[축하드립니다! 최하급 조합식이 하급 조합식이 되었습니다.]

연달아 성공해서 그런 걸까?

최하급 조합식이 하급 조합식이 되었다.

그리고 그쯤 무렵 기승환 20개를 확보할 수 있었다.

기승환 제작을 마친 수호는 바로 기승환 한 알을 섭취했다.

[기승환을 섭취하셨습니다.]

[기승환에 담긴 기술 경험치를 온전히 흡수합니다.]

[성장시키고 싶은 스킬을 선택해 주십시오.]

S급 영약이라고 해서 특별한 맛은 없었다.

오히려 입에 넣자마자 솜사탕처럼 녹아 버렸달까.

대신 눈앞에 수호가 보유한 스킬 목록들이 떠올랐다.

이미 선택지는 정해져 있었다.

수호는 조금도 고민하지 않고 혈옥을 선택했다.

[기승환의 기술 경험치가 혈옥 스킬에 흡수됩니다.]

[흡수가 완료되었습니다.]

알림은 그게 전부였다.

'역시 한 개 가지고는 택도 없군.'

애초에 플레이어는 모든 종류의 경험치를 얼마나 남았는지 볼 수가 없었다.

그러니 효율은 좀 떨어지더라도 확실한 레벨업 알림이 뜨기 전까진 닥치는 대로 먹는 수밖에.

수호는 아쉬움을 뒤로하며 기승환을 차례로 천천히 섭취하기 시작했다.

[기승환의 기술 경험치가 혈옥 스킬에 흡수됩니다.]

[흡수가 완료되었습니다.]

[기승환의 기술 경험치가 혈옥 스킬에 흡수됩니다.]

[흡수가 완료되었습니다.]

[기승환의 기술 경험치가 혈옥 스킬에 흡수됩니다.]

[흡수가 완료되었습니다.]

……

천천히 텀을 두고 기승환을 섭취하길 한참, 수호가 여덟 번째 기승환을 섭취한 순간이었다.

[기승환의 기술 경험치가 혈옥 스킬에 흡수됩니다.]

[흡수가 완료되었습니다.]

[혈옥 스킬의 경험치가 충만합니다.]

[혈옥 스킬의 등급이 상승합니다.]

[축하드립니다! 혈옥 스킬의 등급이 상승되어 S등급이 되었습니다.]

[혈옥의 정보가 변동되어 추가 효과가 생성되었습니다.]

마침내 혈옥 스킬의 등급이 S등급이 됐다.

그와 동시에 추가 알림들이 떠오르기 시작했다.

[뱀파이어 블러드의 두 번째 권능의 해금 조건이 모두 충족되었습니다.]

[① 100레벨 달성.]

[② 혈옥 스킬의 S등급 달성.]

[혈옥 안에 담긴 혈액을 모두 흡수합니다.]

[뱀파이어 블러드의 두 번째 권능이 해금됩니다.]

[진혈이 개방되었습니다.]

[진혈로부터 진정한 힘(S)을 터득하셨습니다.]

[진혈의 진정한 힘 효과에 의해 일부 스킬 등급이 상승됩니다.]

[축하드립니다! '흡혈' 스킬의 등급이 S등급으로 격상되었습니다.]

[축하드립니다! '블러드 웨폰' 스킬의 등급이 S등급으로 격상되었습니다.]

[오리지널 뱀피르가 발동됩니다.]

[당신은 최초의 뱀파이어로서 가장 고귀하고 순수한 존재이기에 진짜 힘을 사용할 자격이 있습니다.]

[흡혈의 정보가 변동됩니다.]

[혈옥의 정보가 변동됩니다.]

[블러드 웨폰의 정보가 변동됩니다.]

['진 흡혈(S+)'을 터득하셨습니다.]

['진 혈옥(S+)'을 터득하셨습니다.]

['진 블러드 웨폰(S+)'을 터득하셨습니다.]

……

알림을 본 수호는 자기도 모르게 입이 벌어지고 말았다.

끝도 없이 펼쳐지는 시스템 알림의 행렬.

그러나 놀라운 건 아직도 알림이 끝나지 않았다는 것이다.

[진정한 힘으로부터 매혹(S)을 터득하셨습니다.]

[진정한 힘으로부터 안개화(S)를 터득하셨습니다.]

두 번째 권능에 의해 새로운 스킬 두 개를 추가로 얻었다.

그것들을 본 수호의 눈이 순간 반짝였다.

'이건……!'

매혹과 안개화.

이것들 모두 혈대제가 사용하던 스킬들이었다.

'뱀피르 때문에 가장 기본적인 세 개밖에 못 얻어서 얼마나 아쉬웠는데……!'

그런데 두 번째 권능이 해방되자 그제서야 다른 스킬들을 손에 넣을 수 있었던 것.

하지만.

'다른 스킬들은 아직인가 보네.'

예컨대 저주받은 왕자가 사용하던 블러드 골렘이나 블러드 스크림 같은 것들 말이다.

아쉽긴 하지만 그래도 상관없다.

이번에 해금된 두 번째 권능을 겪어 보니 어쩌면 세 번째 권능이 해금되면 나머지 스킬들도 얻을 수 있을 것 같다는 생각이 들었으니까.

권능 해금에 대한 알림이 끝났다.

그러나 시스템 알림의 생성은 여기서 끝이 아니었다.

[퀘스트 조건이 모두 충족되었습니다.]

[특성 퀘스트를 완료하셨습니다.]

[뉴블러드가 한층 더 강해집니다.]

[뉴블러드에 새로운 혈통이 추가되었습니다.]

[거인의 핏줄(F-)이 생성되었습니다.]

[축하드립니다! 당신은 최초로 거인의 혈통을 손에 넣으셨습니다.]

[위대한 업적을 달성하여 시스템이 당신에게 보너스 스탯을 10개 선물합니다.]

[특성 퀘스트를 성공한 것에 대한 대가로 보너스 스탯

이 5개 지급됩니다.]

마침내 특성 퀘스트가 완료되었다.

수호는 호기심 가득한 눈으로 시스템 알림들을 살폈다. 그런데……

'거인의 핏줄?'

거인?

설마 내가 아는 그 거인이라고?

수호는 서둘러 거인의 핏줄의 정보를 확인했다.

[거인의 핏줄]

- 등급 : F-

자이언트라 불리우는 거인족의 혈통.

봉인된 상태입니다.

봉인의 해금을 위해선 거인족의 순수한 피의 세례가 필요합니다.

정보를 확인한 수호는 헛웃음을 터뜨렸다.

기껏 특성 퀘스트를 완료시켰더니 그 결과가 순수한 보상이 아닌 또 다른 조건부 퀘스트였기에.

수호는 황당함에 미간을 좁혔으나 이내 좋게 생각하기로 했다.

‘아냐. 너무 나쁘게 생각하지는 말자. 만약 스킬 설명에 나와 있는 거인족 자이언트가 내가 아는 그 거인족 자이언트가 맞다면 이건 정말 말도 안 되는 보상이니까.’

말 그대로였다.

거인족 혹은 자이언트라 불리우는 이종족은 수호가 아는 이종족들 중 가장 강력한 종족들 중에 하나였다.

특히 포지션으로 따지면 거인족만큼 강한 전사들도 없다.

그런데 그런 거인족의 혈통이 2차 특성 보상으로 주어졌으니 그저 놀라울 수밖에.

‘근데 이게 벌써 떠도 되는 건가?’

많이 놀라긴 했다.

그도 그럴 게 수호가 아는 거인족은 대격변 중후반부는 되어서야 등장했으니까.

물론 현시점에서 거인족과 만나려면 만날 수 있긴 했다.

수호는 전 세계에 존재하는 모든 게이트들에 대해 알고 있었으니까.

다만 걱정되는 것이 있다면 녀석들의 레벨이었다.

‘거인족은 최소 레벨이 200이 넘는 놈들인데…….’

현재 수호의 레벨은 110.

물론 비슷한 레벨대 플레이어들과는 비교도 안 될 만큼 스탯 레벨이 높긴 하지만 그건 거인족도 마찬가지였다.

‘흠…….’

수호는 잠시 턱을 어루만지며 고민했다.

모든 일에 순서가 있다고는 하나 아무리 그래도 명색이 2차 특성인데 얼른 획득해야지 전력이든 효율이든 낼 수 있었으니까.

'그럼 현시점에서 내가 도전해 볼 수 있을 만한 곳은 결국 거기뿐이겠군.'

물론 그곳 외에도 다른 곳들이 몇 군데 있긴 했지만 그나마 현시점에서 가장 공략 가능성이 높은 곳은 거기뿐이었다.

수호는 스케줄 우선순위에 거인족 게이트를 추가한 다음 상태창을 확인했다.

[안수호]

- Lv : 110
- 클래스 : 크루세이더
- 특성 : <뉴블러드><헤라클레스 후보>
- 근력(O) : 36
- 체력(O) : 12
- 마력(O) : 1
- 감각(R) : 75
- 보너스 스탯 : 25

특성 옆에 붙은 퀘스트 활성화 표시가 사라졌다.

혹여나 이름에 변동이 있을까 했지만 딱히 특성명의 변경은 없었다.

수호는 이어 보너스 스탯을 보고 피식 웃음을 터뜨렸다.

25개의 보너스 스탯.

어마어마하다.

하지만 모두 근거가 있었다.

최초로 기승환을 만들어 10개, 봉인 상태지만 최초로 거인의 혈통을 손에 넣어 10개, 그리고 특성 퀘스트를 완료한 것에 대한 대가로 5개를 받은 것.

'이런 식으로 보너스 스탯을 버는 사람은 아마 전 세계에 나 하나뿐일 거다.'

수호는 고민 끝에 우선 보너스 스탯 25개 전부를 마력 스탯에 투자했다.

마음 같아선 바로 감각에 투자해 전부 오렌지 등급으로 만들고 싶지만 통일 효과를 받아야 추가 이득을 볼 수 있기에 참은 것이다.

'스탯 재분배 때까지만 참자.'

수호는 이어서 S+급이 된 스킬 세 개와 새롭게 획득한 스킬 두 개의 정보를 차례대로 확인했다.

그리고 스킬 정보를 확인하는 내내 감탄을 금치 못했다.

'옵션들이 이 정도로 좋을 줄이야……!'

진심이었다.

기존의 스킬들이 A급에서 S+급이 되며 추가 옵션들이 드러났는데 진혈의 진정한 힘 덕분에 원래 추가되어야 할 옵션보다 더 좋은 옵션이 되었기 때문이다.

그때, 스킬 옵션들을 보던 수호는 문득 그런 생각이 들었다.

'어쩌면 계획을 더 앞당겨도 되겠는데?'

정말이었다.

이 옵션들이면 정말 그래도 되겠다는 생각이 들었다.

'그렇다면 더 빨리 움직여야겠지.'

슬슬 협회 복귀를 할 때다.

수호가 바로 정철민에게 전화를 걸었다.

- 어, 수호야.

"예, 팀장님. 좀 전에 막 특이점 퀘스트 끝내서 연락드렸습니다."

- 정말? 고생했다, 진짜!

"아닙니다. 그래서 말인데, 저번에 특이점 휴가 대신 위장용으로 공략하려던 게이트 있잖아요. 제가 선택했던."

- 아, 어어. 그거? 왜? 지금 바로 공략하려고?

"네, 그거 공략하고 슬슬 복귀각 재면 될 것 같습니다."

- 내가 거기 연락 넣어주면 되는 거지? 근데 괜찮겠냐? 좀 전에 특이점 퀘스트 끝냈다며. 좀 쉬다가 하지?

"아닙니다. 체력도 컨디션도 모두 좋습니다. 더 쉬어 봤자 시간 낭비이니 얼른 해치우고 복귀하겠습니다. 저희 팀 회식도 해야 하지 않습니까."

- 크크, 봉인 게이트를 마실 갔다 오는 사람처럼 말하는 사람은 정말 너밖에 없을 거다. 알겠어, 바로 연락 넣어놓을게. 근데 조심해야 한다? 거기가 어떤 곳인지 잘 알지?

"예, 압니다. 하지만 그런 곳이라 제가 골랐다는 거 잊으셨습니까?"

- 알지 알지, 오케이 바로 연락 넣으마. 그럼 건투를 비마.

"예, 감사합니다. 팀장님."

통화를 마친 수호가 나갈 채비를 시작한다.

다음 권으로 이어집니다